KB207136

리셋

나를 나로써

김경원 지음

[소개글]

성공이란, 우리가 항상 생각했던 것과 다르다면 어떨까요?

당신이 살아온 삶, 투쟁, 승리, 심지어 실패조차도 옳고 그름의 전환이 아니라 더 큰 여정과 연결된 일부라면 어떨까요?

이 책은 한 노인과 젊은이가 조용한 사우나에서 생각을 교환하는 이야기입니다.

그는 차분하고 현명하며 수수께끼 같은 사람입니다.

그의 말은 제 인생에서 겪은 시련과 업적을 바라보는 새로운 방식을 제시했습니다.

하지만, 이것은 단순한 대화가 아니었습니다.

과거와 미래를 마주한 나, 의심과 희망, 두려움과 꿈이 나누는 시간이었습니다.

한편, 이 이야기는 야망과 좌절, 변화의 도전을 헤쳐나가는 젊은이에 대한 것입니다.

그리고 성공을 먼 봉우리가 아니라 젊은이가 경험한 성장과 용기, 작은 승리로 가득 찬 여정 속 모든 순간에서 발견되는 지혜를 전하는 이야기입니다.

독자의 역할은 무엇일까요? 제 생각에는 각자 자신만의 관점을 찾는 것입니다. 이 책은 해답을 주는 글이 아닙니다. 새로운 가능성을 열어주는 질문을 던지는 과정입니다. 제 여정을 통해 관점이 어떻게 바뀌었는지, 불확실한 상황 속에서 어떻게 용기를 찾았는지, 그리고 가장 강력한 질문인 '만약에?'를 어떻게 생각해야 하는지를 감히 공유합니다.

이 책은 나 자신과 한 약속입니다.

잘 살고, 매일 희망과 용기를 가지고 깨어나며, 성공을 다시 정의하겠다는 다짐입니다.

하지만 여러분을 위한 희망이기도 합니다.

이 책은 흔히 말하는 정형화된 성공 개념에서 벗어나, 내면에서 시작되는 변화를 만들고, 항상 꿈꿔왔던 모험을 시작하는 데 영감을 줄 수 있기를 바랍니다.

그러니 이 페이지를 넘기면서 저는 묻습니다.

이 책이 여러분에게 특별한 시작이 된다면 어떨까요?

목 차

Prologue
‘만약에’

모든 가능성은 한 질문에서 시작된다

"야. 내가 만약 부자가 돼서 저 슈퍼카 사면 어떡할래?"

나는 친구들에게 말하며 의도적으로 자신만만한 미소를 지었다.

상상만으로도 가슴이 뛰었고, 꿈꾸는 기분에 사로잡혔다.

친구들은 예상대로 비웃음을 지었다.

"인프티 또 시작이네~"

혜진이 고개를 절레절레 흔들었다.

"만약 좀 그만해라! 그렇게 부자 되면 내가 네 친구 그만두고 운전기사나 해야지!"

다른 친구들도 웃음을 터뜨렸다.

이런 반응은 익숙했다.

내가 자주 '만약'이라는 단어로 꿈을 말할 때마다 돌

아오는 건 냉소적인 말과 장난이었다.
"그럴 리 없겠지"라며, 현실성 없는 이야기는 이제 그만하라는 반응이 대부분이었다.

하지만 나는 친구들 반응에도 '만약'이라는 가능성을 포기할 수 없었다.
"아니, 진짜로! 내가 그렇게 될 수 있다면 말이야."

나는 멈추지 않고 계속 말했다.
"그게 뭐가 그렇게 웃기냐? '만약'에는 진짜 힘이 있다고, 나한테는!"
친구들은 내 말을 한 귀로 듣고 한 귀로 흘리며 다른 이야기를 시작했다.
그들에게 '만약'은 단순히 상상하는 장난일지 몰라도, 나에게는 새로운 기회를 품은 씨앗과 같았다.
그 안에는 무한한 가능성이 있었고, 내가 만들어갈 미래가 담겨 있었다.

나는 반드시 증명하고 싶었다.
그저 상상으로 끝나는 게 아니라, 그 '만약'이 현실이 될 수 있다는걸.

내 안에서 움트는 '만약' 힘을 믿었고, 직접 실현해 보고 싶었다.

나는 속으로 다짐했다.

언젠가 친구들이 나에게 다시 묻는 날이 오게 만들 것이다.

"야, 진짜로 그 만약이 현실이 됐네?"

믿을 수 없는 얼굴로 말하는 그 순간이 반드시 온다고 믿었다.

친구들 농담과 냉소에 흔들리지 않는 내 '만약'은 그렇게 내 이야기를 시작하는 불씨가 되었다.

unknown (알려지지 않은)

"변화를 위한 첫 번째 단계는 변화가 가능하다고 상상하는 일입니다."

Walt Disney - 월트 디즈니

"꿈꿀 수 있다면, 이룰 수 있다."

Albert Einstein (알버트 아인슈타인)

"상상력은 모든 것이다.

그것은 다가올 삶에 예고편이다."

Chapter 1:

‘전과자?
그래도 난 경찰이 될 거다’

작은 다짐이 큰 도전을 만든다

어릴 적부터 우리 집안은 평범해 보이면서도 사실은 매일 팽팽한 줄다리기 같았다.

부모님은 고향을 떠나, 가진 돈 500만 원으로 새로운 삶을 시작하셨다.

나는 어린 시절부터 부모님이 얼마나 열심히 사셨는지 똑똑히 보았다.

엄마와 아빠가 늘 곁에 있었지만, 한편으로는 멀게만 느껴졌다.

함께하는 시간보다 각자 일터에서 보내는 시간이 더 많았다.

그래서 어린 시절 내 기억 속에서 나는 늘 어린이집에 있었고, 그곳 원장님을 '엄마'라고 부르며 지냈던 기억이 지금도 생생하다.

그렇게 형과 나는 부모님 희생 속에서 성장했다.

형은 나와 달랐다.

나보다 세 살 많았고, 성적이 우수해 서울에서도 이름난 대학에 입학했다.

하지만 부모님 대화 속에는 등록금과 생활비에 대한 걱정이 가득했다.

그럼에도 불구하고, 늘 잘 차려진 식탁에서 우리를 바라보며 짓던 미소는 진심이었다.

그런 현실 속에서도 부모님은 늘 희망을 이야기하셨다.

"다 잘 될 거야. 너희만큼은 더 좋은 환경에서 자라게 해주고 싶다."

당시 나는 해드릴 수 있는 게 없다는 죄송함과 감사함 속에서 결심했다.

스스로 돈을 벌겠다고.

그때 내 나이 16살이었다.

"그럼 주말에 돈이나 벌러 가자!"

그렇게 주말마다 친구들과 함께 형 주민등록증을 들고 용역 사무소로 향했다.

그 순간부터 노동 현장은 내 학교가 되었다.

거기서 힘겹게 일당을 받으며 돈이 가지는 가치를 배

웠다.

이후에도 고등학생이 된 나는 방과 후 피자를 포장하고, 치킨을 튀기며, 오토바이로 배달을 나갔다. 주유소에서 기름을 채우기도 했다.

그 시절 나는 누구보다도 빠르게 돈 버는 법을 익혔다.

주머니에 직접 번 돈이 들어올 때마다 느껴지는 자부심이 있었지만, 동시에 그 나이에 감당하기엔 벅찬 무게라는 걸 어렴풋이 깨달았다.

그러던 중, 갑작스러운 사고가 찾아왔다.

교통사고로 몇 달 동안 병원 침대에 누워 있어야 했다.

군대에 갈 계획도 그 사고로 좌절됐다.

“그래, 특전사 가겠다는 꿈도 이제 끝이구나.”

나는 친구들이 해주는 이야기를 듣는 일로 군대 생활을 대신했고, 그들 휴가를 책임지는 담당이 되었다.

그렇게 스무 살을 맞이했다.

남들이 국방의무를 다할 때, 나는 그 자리에 멈춰 서 있었다.

군대에 가지 않은 시간이 내게는 마치 1년 8개월의 여유처럼 보였지만,

사실 나는 그 시간을 어떻게 활용해야 할지 알지 못했다.

막연히 공장 일을 시작했지만, 주야 교대하며 그 속에 갇혀 지내는 삶이 나와 맞지 않는다는 걸 금세 깨달았다.

"공장은 다시는 안 가겠다." 그때 그렇게 다짐했다.

그리고 마침내 내 첫 사업을 시작했다.

중학교 선배와 함께 휴대폰 판매점을 인수했다.

그동안 공장에서 모은 돈과 교통사고 합의금까지 모두 투자해 대표 명함을 만들고, 직원까지 두고 운영했다.

군대 간 친구들이 제대할 때마다 명함을 건네며, 가게에서 쌓아온 이야기들을 자랑스럽게 들려주었다.

공장에서 일할 때보다 훨씬 자유로웠고, 수입도 많아지는 듯했다.

하지만, 그 행복도 오래가지 않았다.

동업하던 선배가 가게 일을 그만두고, 나는 홀로 모든 일을 책임져야 하는 상황이 되었다.

자유롭다고 생각했던 순간은 어느새 고립된 전쟁터가 되었고, 판매가 줄면서 불안감이 엄습했다.

돈은 점점 줄었고, 가게는 한산해졌으며, 나는 지쳐갔다.
꿈꿨던 모든 미래가 한순간에 무너지는 기분이었다.
그때 내 나이는 겨우 23살.
또다시 불안감이 밀려왔다.

그러던 어느 날,
무료하게 시간을 보내던 내 가게에 젊은 경찰관 두 명이 찾아왔다.
도난 휴대전화가 우리 가게에서 판매됐다는 제보를 받고 조사하러 왔다.
솔직히 억울했지만, 그보다 더 눈길을 끈 건 그 경찰관들 모습이었다.
어린 시절 경찰 중에서도 형사를 꿈꾸던 기억이 떠올랐고,
그 순간 내 안에서 잊고 있던 열정이 다시 타오르는 걸 느꼈다.

"내가 만약 경찰이 된다면, TV에 나오는 검거왕 같은 경찰관이 될 거야."

"경찰이 되겠어!" 그때 마음속으로 그렇게 외쳤다.

하지만 마음 한편에 걸리는 게 하나 있었다.
20살 젊은 패기로 술을 마시고 싸워서 경찰서에 간 기억이 났다.
곧장 경찰서로 달려가 전과 조회를 했더니, 그 일로 벌금형 기록이 남아 있었다.

나는 임부복을 입고 있던 여경에게 물었다.
"저, 경찰이 되고 싶은데, 이 기록이 문제 될까요?"

그녀는 미소를 지으며 대답했다.
"결격 사유는 아니에요. 하지만 면접에서 불리할 수 있죠."

나는 즉시 대답했다.
"할 수 있다는 거죠? 그럼 됐습니다!"

그녀는 놀란 얼굴로 웃으며 말했다.
"꼭 동료가 되어서 같이 일하게 되면 좋겠네요!"

그날 나는 가슴에 그 한마디를 새기고 경찰서를 나섰다.

그런데, 집으로 돌아가 부모님께 경찰관이 되겠다고 말했을 때, 돌아온 반응은 차가웠다.

"그냥 가게나 잘 운영해. 좋은 대학 나온 사람도 경찰 되겠다고 경쟁하는데, 네가 어떻게 하겠니?"

그 순간, 무언가에 이끌린 듯 다짐했다.

"나는 할 거야. 무조건 해낼 거야." 밤낮으로 설득했다.

대기업에 다니던 형이 내게 공부 자금을 지원해 주기로 하면서, 내 수험 생활은 그렇게 시작됐다.

단순한 도전이 아니었다.

이건 내 삶을 건, '만약'을 현실로 만들 단 하나에 길이었다.

이것이 나를 향한 새로운 출발선이었다.

독자들에게 전하는 메시지

당신은 지금 어떤 출발선에 서 있나요?

혹시 과거 실수 때문에, 또는 현재 겪고 있는 한계 때문에 한 걸음을 내딛기 망설이고 있지는 않나요?

과거는 변하지 않지만, 미래는 지금 내리는 선택을 통

해 새롭게 써 나갈 수 있습니다.

어린 시절 품었던 꿈이 있나요?

한때 간절했던 열망이 지금도 가슴 한구석에 남아 있나요?

기회는 정해진 순간에만 주어지는 무언가가 아닙니다.

결심하는 순간, 그곳이 바로 새로운 시작점입니다.

망설이지 마세요.

어떤 길을 걸어왔든, 어떤 실수를 했든 중요한 건 앞으로 나아가려는 용기입니다.

당신이 서 있는 바로 그곳이 출발선입니다.

Nido Qubein (니도 쿠베인)

"당신의 현재 상황은 당신이 어디로 갈 수 있는지를 결정하지 않습니다. 단지 당신이 어디에서 시작할지 결정할 뿐입니다."

Peter Drucker (피터 드러커)

"미래를 예측하는 가장 좋은 방법은 그것을 창조하는 것이다."

Mark Twain (마크 트웨인)

"앞서 나가는 비결은 시작하는 것이다."

Chapter 2:
‘공부? 해본 적 없지만 끝장을 봤다’

간절한 마음이 길을 만든다

내 수험 생활은 밝은 미래를 향한 질문에 모든 걸 건 과정이었다.

내 인생에서 새로운 문이 열렸다.

하지만 단순한 문이 아니었다.

삶을 걸고 현실에서 설렘을 담아 꿈을 이루어낼 단 하나에 길이었다.

공부와는 늘 거리가 멀었던 내가 갑자기 매일 같이 책상에 앉아 15시간씩 집중할 줄이야.

솔직히 나 자신도 처음엔 믿기 어려웠다.

하지만 오랜 시간 가슴 깊이 품어왔던 목표가 점점 더 선명하게 다가오는 걸 느꼈다.

“거리를 누비며 사건을 해결하는 멋진 검거왕 경찰관이 될 수 있을까?”

그런 상상이 날 버티게 했다.

한 달, 두 달, 시간이 흐를수록 피로가 몰려왔다.

몇 시간씩 책에만 몰두하다 보니 온몸이 결리고 정신도 흐릿해졌다.

어느 주말엔 정말 한계가 느껴져 잠시 휴식을 취하려고 사우나로 향했다.

땀을 빼고 나면 머리가 맑아질 것 같았다.

사실 나는 어릴 때부터 사우나는 익숙한 공간이었다.

주말마다 부모님 손에 이끌려 사우나를 집처럼 드나들었으니 말이다.

찜질방 바닥에 매트를 깔고 뒹굴며 계란을 까먹고, 시원한 식혜를 마시며 노곤해진 몸을 쉬는 그 순간은 마치 무중력 상태처럼 편안했다.

그땐 몰랐지만, 이제 사우나는 어떤 고급 스파나 유명한 마사지보다 마음을 평온하게 만드는 공간이다.

친구들은 나를 보고 웃었다.

"사우나가 뭐가 그렇게 좋냐? 요즘 누가 사우나 가냐? 따뜻한 거 좋아하는 거 보니 할아버지가 다 됐네."

아마도 다들 스마트폰과 컴퓨터에 익숙한 세대라 그럴지도 모른다.

하지만 나는 그런 전자 기기에서 벗어나야만 느낄 수 있는 해방감을 사우나에서 찾았다.

사우나에 들어가면 스마트폰도 잊고, 오로지 나에게 집중할 수 있었다.

복잡한 생각을 정리하며 머리를 맑게 만드는, 말하자면 나만의 시간이 주어지는 장소였다.

그렇게 몸과 마음을 리셋하는 장소가 바로 사우나였다.

사우나 열기 속에서 천천히 피로가 풀려갈 때,
내 옆에 낯선 어르신이 앉아 있었다.

그가 살짝 미소 지으며 나를 바라보더니 대뜸 물었다.

"무슨 생각에 그렇게 잠겨 있나? 젊은이."

처음 보는 사람이었지만, 어쩐지 그는 내가 수험생이라는 걸 알고 있는 듯했다.

그 어르신 눈빛에 이끌려 지금까지 내 이야기를 솔직하게 털어놓았다.

"경찰관이 되고 싶어서 열심히 공부 중입니다. 하루 15시간씩이나요.

쉽지는 않지만, '만약 내가 경찰관이 된다면' 하는 생각으로 버티고 있어요."

내 말을 듣던 어르신은 고개를 끄덕이며 묵묵히 들어주었다.

그러다 갑자기 조용히 미소를 지었다.

"그래, 젊은이가 그토록 간절하게 가능성을 믿고 있다면, 곧 그 꿈을 현실로 만들 날이 올 거야."

나는 어르신이 말하는 확신 어린 말에 놀라며 물었다.

"정말… 그럴 수 있을까요?"

어르신은 어깨를 가볍게 두드리며 말없이 미소만 지었다.

그 표정은 마치 이미 합격할 걸 알고 있다는 듯, 묘한 확신이 담긴 눈빛이었다.

내가 다시 질문을 하기도 전에 그는 조용히 사라졌다.

그 만남은 내게 묘한 힘을 남겼다.

그는 정말 무엇을 알고 있었던 걸까?

아니면 단지 내 희망 가득한 상상에 공감해 준 걸까?

알 수 없었지만, 그에 한 마디는 가슴 깊이 새겨졌다.

그 후 나는 매일 아침 그 어르신이 남긴 말,

"곧 그 꿈을 현실로 만들 날이 올 거야."를 떠올리며 책을 펼쳤다.

단순한 격려였을 수도 있지만, 이상하게도 그 말이 나에게는 강한 예언처럼 들렸다.

그렇게 다시 책상 앞에 앉아 하루 15시간씩 치열하게 공부했다.

하지만 과정은 결코 쉽지 않았다.

외로움과 고달픔이 매일 찾아왔고, 몇 번이고 포기하고 싶었다.

부모님과 친구들조차 매번 의아해했다.

"그냥 가게나 운영하지, 왜 갑자기 경찰 시험이야? 네가 어떻게 경찰이 되겠니? 공부도 안 해봤잖아."

모두가 내 결정을 반대했지만, 내 고집은 이상하게도 꺾이지 않았다.

경찰관이 되겠다는 내 선택이 틀리지 않았음을 증명하고 싶었다.

그 고집이 날 책상 앞으로 이끌었지만, 공부를 시작하

는 건 예상보다 훨씬 고통스러웠다.

집중하기 위해 과감히 휴대전화를 없애버렸다.

자연스럽게 친구들과 연락도 끊겼고, 어느새 세상과 단절된 채 하루하루를 보냈다.

독서실에서 하루 종일 책을 붙잡고 있었지만, 가끔은 "내가 지금 뭐 하는 거지?", "진짜 이 길이 맞을까?"라는 불안이 떠나지 않았다.

책상 위에 머리를 기대고 눈물을 흘린 적도 있었다.

주변에 하소연할 사람도 없었고, 모든 선택이 내 몫이었기에 누구를 탓할 수도 없었다.

그럼에도 불구하고, 나는 스스로를 달래며 중얼거렸다.

"이 길 끝에는 반드시 내가 원하는 삶이 기다리고 있을 거야."

그 말을 되뇌며 몇 번이고 다시 책을 펼쳤다.

그리고 2년 뒤, 나는 정말 경찰관이 되었다.

합격 소식을 들은 날, 내 나이 25살.

그때 그 순간에 느낀 벅찬 감정은 여전히 잊을 수가 없다.

어린 시절 꿈꾸던 경찰관 모습이 머릿속에 떠올랐다.
그 어르신이 남긴 한마디는 결국 내 삶을 바꿀 힘을 주었다.

이때부터 나는 '만약'이라는 생각이 단순한 상상이 아니라,
우리 삶을 변화시키고 현실을 만들어가는 힘이라는 걸 깨닫기 시작했다.
그 한 가지 질문이 내 사고 방식을 어떻게 변화시켰고,
가능성을 열어두는 믿음이 얼마나 강력한 힘을 지니고 있는지를 알게 되었다.

독자들에게 전하는 메시지

지금도 가슴 한쪽에 남아 있지만, 현실 무게에 눌려 잊혀진 채 살아가고 있진 않나요?
한때는 불가능하다고 여겼던 길도, 다시 한 걸음 내디디면 새로운 가능성이 열릴 수 있습니다.
"만약에 내가 원하는 미래를 이룬다면?"
이 단순한 질문이 당신의 삶을 바꿀 수 있습니다.
그 가능성을 믿고 한 걸음 내디디는 순간,

그 상상 속 미래는 현실로 다가옵니다.

희망을 품고 가능성을 열어둔 상상은 단순한 꿈이 아니라,

당신의 의식과 행동을 움직이는 강력한 원동력이 됩니다.

믿으세요. 그리고 행동하세요.

그 상상 속 미래는 현실이 됩니다.

당신이 내딛는 첫걸음이 당신의 내일을 만들어갑니다.

Napoleon Hill (나폴레온 힐)

"마음이 상상하고 믿을 수 있는 것은

무엇이든 이룰 수 있다."

Joe C. Maxwell (존 C. 맥스웰)

"당신이 하지 않으면 꿈은 이루어지지 않습니다."

Eleanor Roosevelt (엘리너 루스벨트)

"미래는 꿈의 아름다움을 믿는 사람들의 것입니다."

Chapter 3:
'이대로 평생 살아야 할까?'

남이 아닌
나를 위한 선택

경찰이 된 후 삶은 숨 가쁘게 흘러갔다.

"이게 내 꿈이었지." 스스로 되뇌며 매일을 충실히 살았다.

교육과 훈련을 마치고 현장에 배치된 후 교대 근무를 하며 사건을 처리하는 날들이 이어졌다.

경찰관으로서 책임감을 깊이 느꼈고, 그토록 원했던 목표를 하나씩 달성해 나갔다.

승진에도 성공했고, 근무와 운동을 병행하며 어느 날은 바디프로필 사진을 찍을 만큼 몸을 만들었다.

그 시절 나는 누구보다 열심히, 누구보다 바쁘게 살아가고 있었다.

하지만 마음 한켠에서 일렁이는 불안함은 사라지지 않았다.

경찰이 되었고, 사람들에게 인정받으며 역할을 다했지만, 어딘가 부족한 기분이 들었다.

"내 인생이 정말 이걸로 충분한 걸까?"

매일같이 정해진 루틴을 반복하며 목표를 이루어가는 중에도,

내가 진정 원하는 삶이 무엇인지 고민이 깊어졌다.

이 무렵 갑작스럽게 찾아온 코로나19는 나를 잠시 멈춰 서게 했다.

출퇴근 외에는 집에 머물며 외부 활동이 줄어들었고, 생활 흐름이 느슨해졌다.

인간관계도 자연스럽게 줄어들면서 나 스스로에게 묻기 시작했다.

"나는 대체 누구를 위해 이렇게 살아가고 있는 걸까?"

그동안 달성해온 목표들이 더 이상 내 마음을 채워주지 못한다는 사실을 깨달았다.

마치 새로운 전환점을 맞이하는 듯, 깊은 고민이 시작되었다.

어린 시절 가졌던 열정과 패기는 여전했지만,

내가 진정 원했던 삶이 무엇인지 더 이상 확신할 수 없었다.

많은 이들이 이를 직장인 사춘기라 부르지만, 내게는 단순한 고민 이상에 변화였다.

어느 주말, 오랜만에 사우나로 향했다.
마음이 복잡할 때마다 찾는 장소이다.
뜨거운 열기에 땀을 흘리며 몸과 마음을 정리하고 있을 때,
낯익은 얼굴이 내 옆자리에 앉았다.
예전에 나에게 새로운 가능성을 일깨워준 그 어르신이었다.

나는 반갑게 인사를 건넸다.
"엇, 안녕하세요!"

나와 마찬가지로 지친 듯한 모습으로 땀을 흘리고 있던 그는,
내 얼굴을 바라보며 조용히 물었다.
"경찰 양반. 요즘 고민이 있는가 보군."

아무 말도 하지 않았는데, 어떻게 내 마음을 알았을까?

나는 고개를 끄덕이며 그동안에 일을 털어놓기 시작했다.

"경찰이 되면 모든 게 완벽할 줄 알았어요. 이게 목표였고 꿈이었으니까요.

그런데, 지금 와서 보면… 뭔가가 빠진 기분이에요.

내가 진짜 원하는 게 뭔지도 모르겠고, 내가 왜 이렇게 살고 있는지도 잘 모르겠어요.

이대로 살아도 괜찮은 걸까요?"

그는 내 이야기를 조용히 듣고는 살짝 미소를 지었다.

천천히 입을 열며 말했다.

"그래, 원하는 목표를 이뤘다 해도 인생은 계속되네.

꿈이 현실이 되는 순간, 우리는 또 다른 질문을 해야 하네.

'내가 정말 원하는 삶이 무엇인가?'

이 질문을 던질 용기를 가질 때, 또 새로운 여정이 시작된다네."

어르신 말을 듣고 한동안 가만히 있었다.

나는 단순히 목표에만 매달려 살아왔고,

그 질문을 스스로에게 던질 생각조차 하지 않았다는 사실을 깨달았다.

"그런데…" 내가 물었다.

"정말 스스로 그 답을 찾을 수 있을까요? 저는 꿈에 그리던 직업을 가졌고,

열심히 일하며 살아왔지만, 문득 돌아보면 남을 위해 살아온 건 아닐까 싶어요.

누구를 위해 일하고, 인정받기 위해 스스로를 다그치며 살았던 거 같고…"

어르신은 조용히 고개를 끄덕이며 말을 이었다.

"모든 사람에게는 자신 만에 길이 있네.

남을 위해 사는 것도 중요하지만, 결국 스스로를 위한 삶을 살지 않으면 공허함이 남게 마련이지.

진정 원하는 삶을 찾으려면, 남 시선을 떠나 오롯이 자신을 바라봐야 해.

이제 자네에게 필요한 건 더 큰 질문이네."

그 말을 듣는 순간, 잊고 지냈던 가능성을 열어주는 생각이 떠올랐다.

경찰이 되기 위해 달려온 내 삶도, 결국 상상하는 힘이 나를 이끌었기 때문이었다.

"만약 내가 정말로 나를 위해 살아간다면 어떻게 될까?"
나는 조용히 속으로 되뇌었다.

어르신은 내 마음을 읽은 듯 조용히 바라보았다.
"그 답을 찾는 게 바로 자네 다음 여정이네.
그 답을 찾는 순간, 인생에 대한 방향을 다시 설정할 수 있을 거야."

그날 사우나에서 짧은 대화가 끝난 후,
나는 다시 한번 더 나은 미래를 꿈꾸는 여정을 시작해야겠다고 다짐했다.
이번에는 남을 위한 목표가 아니라, 나를 위한 길을 찾아서.
그렇게, 나는 또 다른 출발선 앞에 섰다.

독자들에게 전하는 메시지

당신은 지금, 누구를 위해 살아가고 있나요?

스스로를 위한 선택을 하고 있나요, 아니면 타인에 기대를 따르며 살아가고 있나요?

꿈꾸던 목표를 이뤘지만, 여전히 공허함을 느낀 적이 있나요?

삶은 한 가지 목표를 달성하는 일로 끝나지 않습니다.

우리에게 필요한 건 목표를 이룬 후에도 스스로에게 던지는 더 깊은 질문입니다.

"내가 진정 원하는 삶은 무엇인가?"

이 질문을 던지고, 그 답을 찾으려는 용기를 가질 때

당신은 남을 위한 삶이 아닌, 온전히 자신을 위한 길을 발견하게 됩니다.

남들 시선을 의식하며 살아왔나요?

세상이 정해둔 기준이 아닌, 내 기준으로 삶을 설계할 수 있다면 어떨까요?

지금이야말로, 당신 자신을 위한 여정을 시작할 때입니다.

당신에게 주어진 가능성은 무한합니다.

믿고 한 걸음 내디디세요.

그 한 걸음이 당신의 새로운 길을 열어줍니다.

William Shakespeare (윌리엄 셰익스피어)

"너 자신에게 진실하라."

Steve Jobs (스티브 잡스)

"당신의 시간은 한정되어 있습니다. 그러니
다른 사람의 삶을 사는 데 낭비하지 마십시오."

Carl Jung (칼 융)

"평생의 특권은 진정한 자신이 되는 것이다."

Chapter 4:

'가장 중요한 걸 잊고 있었다'

갈등 속에서 길이 열린다

경찰관으로 근무한 지 6년.

주변 사람들은 안정적인 가정을 이루며 결혼을 준비하거나, 커리어를 쌓으며 승진을 목표로 삼고 있었다.

나 역시 스스로를 위한 길이 무엇인지 고민했다.

"내가 원하는 안정감은 결혼에서 찾아야 할까, 아니면 커리어에 집중해야 할까?"

여러 가지 생각이 오갔지만, 결국 나는 커리어를 선택했다.

내 삶에 새로운 변화가 찾아오길 바랐다.

그렇게 다시 책을 펼치기로 마음먹고, 승진 시험 준비에 몰입했다.

근무와 공부를 병행하며 수험생처럼 시간을 쪼개어 하루를 보냈다.

결과는?

예상과 달랐다.

나는 승진 시험에 합격하지 못했다.

실망스러웠지만, 이상하게도 마음이 차분했다.

할 수 있는 최선을 다했기에 후회는 없었다.

시험 결과를 받은 후, 긴장과 피로로 지친 몸을 풀기 위해 다시 사우나로 향했다.

그곳에서 또다시 그 어르신을 만났다.

이제는 사우나에서 그와 마주치는 게 자연스럽게 느껴졌다.

내 얼굴에 담긴 미소를 알아챘는지, 어르신은 말을 건넸다.

"승진 시험은 어떻게 됐나?"

나는 쓴웃음을 지으며 답했다.

"떨어졌어요. 최선을 다했지만 결과는 제 뜻대로 되지 않았네요."

어르신은 조용히 나를 바라보다가 천천히 입을 열었다.

"그렇다면, 이번에도 처음 경찰이 되려고 준비할 때와 같은 마음이었나?"

그 말에 순간 아무 말도 할 수 없었다.

이번 시험 준비는 예전과 확연히 달랐다는 사실을 그제야 깨달았다.

어쩌면 나는 그냥 억지로 버티며 자신을 몰아붙였던 걸지도 모른다.

조심스럽게 고개를 저으며, 자신 없는 목소리로 말했다.

"이번엔… 좀 달랐어요. 예전처럼 '만약에 승진한다면 얼마나 좋을까'라는 설렘보다는 그냥 절박함에 사로잡혔던 것 같아요.

'이 시간이 다시 돌아오지 않을 내 젊은 날이니까, 반드시 합격해야 한다'는 마음으로 공부했거든요."

어르신은 고개를 끄덕이며 부드러운 미소를 지었다.

그리고 나를 바라보며 조용히 말했다.

"그렇군. 자네가 그토록 열심히 했다는 건 훌륭한 일이네.

하지만 목표만 바라보며 '반드시 이뤄야 한다'는 생각이 너무 강하면, 그 무게가 자네를 짓누를 수도 있지.

어떤 목표를 향해 나아가는 과정에서는 마음에 여유도 필요하네."

나는 어르신 말을 곱씹으며 한숨을 내쉬었다.
목표에 대한 부담감이 나를 짓누른다는 말이 어쩐지 깊이 와닿았다.

어르신은 말을 이었다.
"과거에 자네가 공부할 땐, 그 과정 자체가 즐거웠기 때문에 가능성을 열어두었을 거야.
'만약에 이뤄진다면 얼마나 좋을까'라는 가벼운 기대 속에서 스스로에게 기회를 주었으니까.
그래서 더 많은 에너지가 나왔겠지.
하지만 이번에는 **'반드시 이뤄야 한다'는 집착이 자네 시야를 좁게 만들었을 거야.**
마치 닫힌 문처럼 말이지."

나는 고개를 끄덕이며 중얼거렸다.
"그러고 보니, 정말 그랬던 것 같아요.
이번엔 꼭 합격해야만 한다고 저 자신을 몰아세웠어요."

어르신은 내 손을 가볍게 두드리며 미소를 지었다.
"자네가 원하는 성공이나 성취는 물론 중요하지.
하지만 결과만 바라보면, 그 과정에서 배울 수 있는

가치가 희미해질 수도 있네.

진짜 중요한 건 목표를 이루려 노력하는 순간순간 속에서 자네 자신을 발견하고 성장하는 일이야."

어르신 말은 내 마음속 깊이 파문을 일으켰다.

목표가 아니라 과정에 의미.

나는 고개를 끄덕이며 생각했다.

어쩌면 내가 몰두해야 했던 건 합격이라는 결과가 아니라,

그 과정에서 성장하고 내면을 깊이 이해하는 일이었을지도 모른다.

"앞으로 자네가 무엇을 하든, 그 여정을 소중히 여기게.

결과는 자연스럽게 따라오는 일이지, 결과만을 위해 달리다 보면 중요한 걸 놓칠 수도 있네.

스스로에게 더 많은 가능성을 열어주고, 과정 자체를 즐겨보게."

그 말을 들으며 나는 마음이 한결 가벼워지는 걸 느꼈다.

'합격'이라는 목표 하나에만 매달리느라 깨닫지 못했던 과정에 가치,

그리고 그 안에서 내가 진정 원하는 일이 무엇인지 찾아가는 여정에 대한 중요성을 다시 떠올렸다.

독자들에게 전하는 메시지

혹시 지금, 목표를 이루는 데만 집중하며 지쳐가고 있지는 않나요?

'반드시 이루어야 한다'는 압박 속에서 과정에 소중함을 놓치고 있지는 않나요?

우리는 때때로 목표만 바라보다가, 그 여정에서 얻을 수 있는 배움과 성장을 간과하곤 합니다.

하지만 삶에서 가장 중요한 가치는 결과가 아니라, 그 과정에서 스스로를 발견하고 변화하는 일입니다.

지금 당신이 가고 있는 길은 정말 당신이 원하는 방향인가요?

아니면 단순히 '해야만 한다'는 부담감 속에서 억지로 걷고 있는 길인가요?

목표를 이루지 못하면 실패한 걸까요?

아니면, 그 과정을 통해 당신이 얻은 성장과 깨달음이

진짜 성취일까요?

이제, 방향을 다시 점검할 때입니다.

결과에만 집착하는 대신, 한 걸음 한 걸음을 통해 자신을 성장시키는 길을 선택하세요.

당신이 가는 모든 길은 새로운 가능성을 품고 있습니다.

과정 속에서 얻는 배움이 당신을 더 나은 곳으로 이끌어줍니다.

목표를 향해 나아가되, 그 과정에서 당신 자신을 잃지 마세요.

당신은 충분히 가치 있는 여정을 걷고 있습니다.

Ursula K. Le Guin (어슐라 K. 르 귄)

"목표를 향한 끝이 있는 것은 좋지만,

결국 중요한 것은 그 여정이다."

Greg Anderson (그렉 앤더슨)

"목표보다 여정에 집중하라.

기쁨은 완성에 있는 것이 아니라 과정 속에 있다."

Zig Ziglar (지그 지글러)

"목표를 달성하면서 얻게 되는 것보다, 목표를 달성하면서 당신이 어떤 사람이 되는지가 더 중요하다."

Chapter 5:
‘이게 전부일까? 아니다. 더 큰 게 있다’

진짜 원하는 답은 마음 깊은 곳에 있다

어르신은 조용히 미소 지었다.

잠시 나를 바라보더니 부드럽게 다시 물었다.

"그래, 자네는 정말 승진이 간절했다고 생각하나?"

그 질문에 나는 순간 멈칫했다.

승진을 목표로 했던 건 맞지만, 최선을 다하고도 떨어졌을 때, 그 차분한 마음을 떠올리니 묘한 기분이 들었다.

정말 승진이 내가 바란 전부였을까?

그동안 목표라 믿었던 게 어쩌면 외부적 기대와 기준에 따라 정해진 건 아닐까?

어르신은 내 표정을 읽은 듯 고개를 끄덕이며 말을 이었다.

"자네는 아마 승진 자체가 아니라, 그 과정에서 스스

로에 가능성을 확인하고 싶었던 게 아닐까?

시험이 끝난 뒤에도 후련했다는 건, 자네가 이미 깨달은 거지.

진짜 원하는 게 단순한 승진이나 직위가 아니라, 더 넓은 목표와 자유일지도 모른다는 걸 말일세."

나는 어르신 말을 곱씹으며 천천히 고개를 끄덕였다.

치열하게 시험에 몰두했지만, 마음 한구석에서는 더 깊은 목적을 갈망하고 있었던 건 아닐까?

승진보다 더 큰 무언가를 찾고 싶었던 내 안에 목소리가 스스로를 향해 속삭이고 있었던 걸까?

어르신은 조용히 덧붙였다.

"많은 이들이 사회가 정해놓은 성취나 직위를 목표로 삼지만, 진짜 목표는 내면에 있지.

자네가 느꼈던 후련함이야말로 본능적으로 알고 있던 진실일세.

자네가 진정 원하는 삶은 타이틀이 아니라, 스스로 만들어가는 자유롭고 만족스러운 삶일 거야."

어르신 말이 내 가슴 깊이 울렸다.

내가 진짜 추구해야 할 건 승진이라는 외적인 성취가

아니라,

내 스스로 길을 찾아 자유롭고 의미 있는 삶을 살아가는 삶이었다.

승진에 실패해도 후회가 없었던 이유는,

어쩌면 승진이 진정 내가 원하는 길이 아니었기 때문일지도 모른다.

"이제는 자네 만에 새로운 가능성을 찾아야 할 때라네.

진짜 원하는 목표가 무엇인지 계속 스스로에게 물어보게.

길은 결국 자네가 믿는 대로 펼쳐질 걸세."

어르신은 조용히 미소를 지으며 먼저 자리를 떠났다.

사우나 안 공기는 두껍고 따뜻했다.

마치 나를 감싸안는 듯한 느낌이었다.

나는 눈을 감고 깊이 숨을 들이마셨다.

내 몸과 마음 피로와 함께 익숙한 생각들이 떠올랐다.

경찰관으로 지낸 시간은 내게 규율, 안정감, 책임감 같은 많은 가치를 안겨주었다.

그럼에도 불구하고, 마음속 깊이 채워지지 않는 무언가가 있었다.

그 생각은 한 가지 질문으로 되돌아왔다.

'내 삶에는 더 많은 가능성이 있지 않을까?'

승진은 또 하나에 도전이었을 뿐,

이제는 타인에 기대나 사회적 성공이 아니라,

내 안에서 진정 원하는 일을 찾기 위한 여정을 시작해야 한다는 걸 깨달았다.

뚜렷한 목표를 향해 살아왔다고 믿었지만,

사실 마음속 깊은 곳에서는 진짜 원하는 길이 따로 있었다.

나는 늘 하고 싶은 일도 많고, 이루고 싶은 일도 많았다.

세상은 끝없는 가능성으로 가득 차 있었고,

그 안에서 다양한 경험을 하고 싶다는 열망이 내 안에서 자라왔다.

그 마음은 어릴 때부터 변함없었다.

직업이 바뀌어도, 환경이 달라져도 사라지지 않는 갈망이었다.

내가 바라는 삶에 본질은 '선택할 수 있는 자유'였다.

내가 원하는 경험과 기회를 마음껏 누릴 수 있는 삶.
제한 없는 선택이 가능한 삶.

돈.

돈은 단순한 물질이 아니라,
내가 꿈꾸는 다양한 삶을 실현할 수 있는 도구였다.
나 자신을 자유롭게 만들 힘이자,
스스로를 설계할 수 있는 기회였다.

그제야 선명해졌다.
마치 구름이 걷히고 햇살이 쏟아지듯, 모든 것이 명확해졌다.

'그래, 이거였어!'

내가 바랐던 건 외부적인 인정이 아니라,
스스로 설계하고 선택할 자유였다.
경제적 자유야말로 내가 진정으로 원하는 삶이었다.
그것이 내가 바라는 꿈을 현실로 만들어줄 가장 강력한 열쇠였다.

이를 깨닫는 순간, 묶여 있던 무언가가 풀리듯 가슴이 벅차올랐다.

이제야 비로소, 진짜 내 삶이 시작되는 기분이었다.

하지만 곧 현실이 눈앞에 다가왔다.

주변을 둘러보니, 내가 원하는 경제적 자유를 이룬 사람이 많지 않았다.

이 길이 어디로 이어질지, 어디서부터 시작해야 할지도 알 수 없었다.

막막함이 스며들었지만, 이상하게도 좌절감보다 설렘이 더 컸다.

나는 사우나에서 다시 그를 만날 날을 기다렸다.

그를 다시 마주할 수 있을지 알 수 없었지만,

어르신과 하는 대화는 늘 내게 새로운 길을 보여주었다.

다음에 그를 만나면 꼭 묻고 싶었다.

"어떻게 하면 경제적 자유를 이룰 수 있을까요?"

그 답을 듣는 순간이 기다려졌다.

마치 새로운 세상을 앞에 둔 아이처럼 가슴이 두근거렸다.

독자들에게 전하는 메시지

당신은 지금, 스스로 원하는 삶을 살고 있나요?
아니면 타인에 기준과 사회적 기대 속에서 방향을 잃고 있지는 않나요?
우리는 때때로 '이 길이 맞는 걸까?'라는 의문을 품지만, 정작 자신에게 질문을 던지는 일은 쉽지 않습니다.
승진이나 사회적 성공을 이루면 만족할 거라 믿었지만,
정말 그것이 나를 완전히 채워줄 수 있을까요?
"내가 진정으로 원하는 삶은 무엇인가?"
이 질문에 답할 용기를 가질 때,
비로소 내 삶에 주인이 될 수 있습니다.
경제적 자유를 원하는가요? 아니면 스스로 선택할 수 있는 삶을 원하나요?
무엇이든 당신이 진심으로 갈망하는 목표를 깨닫는 순간,
그 목표가 바로 새로운 삶을 설계할 첫 걸음이 됩니다.
삶에 주도권은 당신 안에 있습니다.
외부적 기준이 아닌, 자신 내면 목소리를 따라가세요.
그 가능성을 믿고, 지금부터 당신 만에 길을 찾아가세요.
그 여정은 이미 당신의 가슴속에서 시작되었습니다.

Henry Stanley Haskins (헨리 스탠리 해스킨스)

"우리 뒤에 놓인 것과 앞에 놓인 것은,
우리 안에 있는 것에 비하면 작은 것들이다."

Oprah Winfrey (오프라 윈프리)

"당신이 할 수 있는 가장 큰 모험은,
당신이 꿈꾸는 삶을 사는 것이다."

Ralph Waldo Emerson (랄프 왈도 에머슨)

"문제에 밀려나지 말고 꿈에 이끌리십시오."

Chapter 6:

'성공하지 못하는 이유? 생각부터 가난해서다'

성공은 남이 아닌 자신만의 기준으로

오랜 기다림 끝에 마침내 그 어르신을 다시 만났다.

이번 만남은 마치 내가 간절히 찾던 물음에 대한 답을 얻을 수 있을 것 같은 묘한 기대감을 품게 했다.

나는 망설임 없이 내 마음을 당당히 털어놓았다.

"사실, 제가 원하는 건 경제적 자유로 성공하는 거예요."

그는 천천히 고개를 끄덕이며 내 말을 기다렸다.

나는 그에게 경제적 자유에 대한 내 열망이 어떻게 생겼는지 설명하고 싶었다.

"어릴 때부터 하고 싶은 일도 많고, 이루고 싶은 일도 많았어요. 지금도 마찬가지고요.

그런데 현실을 살다 보니, 꿈꾸던 삶을 실현하려면 결국 경제적 자유가 필요하다는 걸 깨달았어요.

안정적인 직업도 중요하지만, 제 마음대로 선택할 수 있는 자유가 더 소중하더라고요."

어르신은 묵묵히 내 이야기를 들었다.

나는 조금 더 솔직해졌다.

"사실 승진을 준비할 때도 제 마음속에서는 정말 원하는 게 무엇인지 고민이 많았어요.

그런데 경제적 자유라는 목표는 승진과는 달랐어요.

단순한 타이틀이 아니라, 제 삶을 스스로 설계할 수 있는 가능성이라는 생각이 들었어요."

어르신은 잠시 생각에 잠기더니 조용히 입을 열었다.

"하지만, 자네가 지금 경찰이 되었다는 사실도 성공으로 볼 수 있지 않겠나?"

나는 고개를 갸웃하며 그 말을 되새겼다.

어르신은 미소를 지으며 이어서 말했다.

"성공이란 사람마다 다르게 정의되는 법이라네.

중요한 건 그 성공이 자네에게 어떤 의미를 주느냐

하는 거야.

자네가 경찰이 되었을 때 꿈을 이뤘다고 생각했지 않나?

그때 자네는 분명 성공했다고 느꼈을 걸세."

나는 잠시 침묵했다.

어르신 말대로, 나는 경찰이 되던 순간만큼은 진정으로 성공했다고 느꼈던 게 사실이었다.

하지만 그 이후에도 만족이 찾아오지 않았던 이유는 무엇이었을까?

어르신은 내가 깊이 생각에 잠긴 모습을 보며 부드럽게 물었다.

"자네가 그때 느낀 성공이 지금은 더 이상 자네를 채우지 못하는 건가?

아니면 자네가 원하는 진짜 성공이 다른 방향에 있는 건가?

자네는 성공이 무엇이라 생각하나?"

나는 한참을 생각했지만, 쉽게 답이 떠오르지 않았다.

어르신은 미소를 지으며 다시 말을 이었다.

"성공이란 결국 자신 목표를 이루고 원하는 삶을 살아가는 일이지.

누군가에게는 돈이 성공이고, 다른 누군가에게는 명예나 안정이 성공일 수 있네.

꼭 부나 높은 자리만을 뜻하는 건 아니네."

그 말에 나는 고개를 끄덕였다.

어르신은 이어서 성공에 다양한 모습을 설명하기 시작했다.

"어떤 사람들에게 성공이란 자신을 완전히 실현하는 일일 수 있네.

자신이 가진 잠재력을 최대로 발휘하고, 의미를 느끼며 살아가는 거지.

그런 삶을 사는 이가 진정한 성공자라고 할 수 있네."

그는 잠시 말을 멈추고 내 반응을 살폈다.

나는 그 이야기가 흥미로워 더욱 집중해서 들었다.

"또 어떤 사람들에게 성공이란 경제적 자유일 수도 있네.

원하는 삶을 자유롭게 살 수 있는 기반이 마련되면, 그 자체가 그들에게 만족스러운 성공일 수 있거든.

자네가 지금 바라는 경제적 자유도 그런 의미겠지."

나는 어르신 말을 곱씹으며, 경제적 자유라는 목표에 더욱 의미를 느끼게 되었다.

"그리고 어떤 이들에게 성공이란 명예나 영향력일 수도 있지.

존경받고, 다른 사람들에게 긍정적인 영향을 끼칠 수 있는 삶을 사는 일이 그들에겐 성공일세.

이처럼 성공은 아주 개인적인 일이야.

어떤 사람들은 만족스러운 관계나 가족과 유대 속에서,

또 어떤 사람들은 일과 삶에 균형을 이루는 데서 성공을 느끼지."

나는 고개를 끄덕이며 말했다.

"성공이 꼭 하나로 정해진 기준이 아니군요."

어르신은 미소를 지었다.

"그렇지. 성공이란 자네가 무엇을 중요하게 여기는지에 따라 결정되는 일이지.

자네가 의미 있다고 느끼는 목표를 설정하고,
그 목표를 이루기 위해 나아갈 때 진정한 성공을 맛볼 수 있네.
중요한 건 다른 사람 기준이 아니라, 자네가 정한 방향이네."

어르신 말을 들으며 나는 마음속 깊이 다짐했다.
내가 원하는 경제적 자유라는 목표를 나 자신 만에 성공으로 삼고,
그 목표를 향해 나아가는 일이야말로 진정한 의미가 있다고.

어르신은 고개를 끄덕이며 말했다.
"그런데, 자네는 경제적 자유가 자네에게 어떤 의미인지 정확히 깨달았구먼.
경제적 자유는 단순한 부를 넘어, 자네가 삶을 주도적으로 설계하고 원하는 방향으로 살아가기 위한 도구일세."

그 말은 나를 더욱 확신하게 했다.
예전 같았으면, '돈'을 내 목표로 인정하고 받아들이기가 불편했을지도 모른다.

하지만 이제는 경제적 자유가 내가 원하는 삶을 살아가기 위한 필수 요소임을 받아들이게 되었다.

나는 결연한 눈빛으로 다시 그를 바라보았다.

"사람마다 성공적 기준은 다르지만, 그건 틀린 게 아니네.
자네가 선택한 경제적 자유도 충분히 훌륭한 목표일세.
이제 중요한 건, 자네가 그 목표를 어떻게 현실로 만들까 하는 점이네."

나는 어르신 말에 정신을 바짝 차렸다.
이제야 비로소, 내가 가야 할 길을 어떻게 걸어야 할지, 조언을 듣게 되는 순간이었다.

어르신은 차분한 목소리로 말했다.
"경제적 자유를 이루기 위해 가장 먼저 해야 할 일은 외적인 행동이 아니네.
자네 내면, 그러니까 마음속 깊이 자리 잡은 잠재된 사고방식을 바꾸는 일이 먼저이지.
외적인 행동은 그것이 바뀐 뒤 자연스럽게 따라오는

법이라네."

나는 의아한 표정으로 그를 바라봤다.
잠재된 사고방식을 바꾼다는 게 무슨 의미일까?

어르신은 내 궁금증을 읽은 듯 설명을 이어갔다.
"자네가 아무리 돈을 원한다고 말해도, 무의식적으로 그것을 두려워하거나 불편해하면,
결국 그 목표에 도달하지 못하네.
그러니 먼저 자네 사고방식을 '부자생각'으로 바꿔야 하네."

나는 그 말을 곱씹으며, 점점 이해하기 시작했다.
진짜 변화는 내 안에서부터 시작해야 한다는 사실을.

"그럼, 부자 생각으로 바꾸려면 어떻게 해야 하나요?"
나는 조심스럽게 물었다.

어르신은 미소를 지으며 대답했다.
"첫 번째 단계는 내일을 향한 믿음을 다시 세우는 일이네.

궁정적인 '만약'에로 생각을 바꾸는 게 우선이지."

나는 그 말을 듣고 잠시 생각에 잠겼다.

사실 경찰 채용을 준비할 때도 더 나은 미래를 꿈꾸며 가능성을 열어두고 있었다는 사실이 문득 떠올랐다.

"경찰 시험을 준비할 때와 비슷한가요?"

내가 물었다.

"그때는 '만약에 내가 경찰이 된다면 얼마나 좋을까?' 라는 설렘이 항상 있었어요.

그래서 힘들어도 즐겁게 공부할 수 있었던 거 같아요.

저도 모르게 가능성을 열어두고 있었던 거죠."

어르신은 미소를 지으며 고개를 끄덕였다.

"맞네. 그때 나는 자네가 설렘을 담은 생각과 말에, 이미 경찰에 합격함을 알 수 있었다네.

이미 마음속에서 그 가능성을 받아들이고 있었던 거지.

희망이 담긴 상상은 우리를 원하는 방향으로 이끄는 큰 힘을 가지네.

그러니 이제 자네가 꿈꾸는 경제적 자유도 같은 방식으로 그려봐야 하네."

그는 잠시 말을 멈추더니 덧붙였다.

"'만약에 내가 경제적 자유를 이룬다면, 어떤 삶을 살게 될까?' 같은 질문을 마음에 품고, 그 미래를 구체적으로 상상해 보게.

새로운 가능성에 대한 기대를 품을 때, 자네가 가진 생각은 자연스럽게 경제적 자유를 향해 움직이기 시작할 걸세."

나는 그 말에 깊은 울림을 느꼈다.

경제적 자유라는 꿈을 이루기 위해 첫 번째로 해야 할 일은, 단순히 돈을 버는 계획 세우는 일이 아니었다.

내가 바라는 미래를 긍정적으로 받아들이고, 그 가능성을 믿는 사고방식이 필요했다.

그런데 이런 변화를 어떻게 시작해야 할까?

그는 덧붙였다.

"자네가 살아오면서 무의식적으로 반복했던 '만약'에가 있을 거야.

예를 들면, '만약에 내가 돈을 많이 벌면 행복할까?' 혹은 '만약에 실패하면 어떻게 하지?' 같은 부정적인 질문이 자네가 가야 할 길을 막고 있을 수도 있네.
이런 질문들을 부자 사고방식에 맞는 긍정적인 '만약'에로 바꾸는 일이 첫 단계라네."

그 말에 나는 나도 모르게 고개를 끄덕였다.
그동안 내가 되뇌었던 '만약'에들은 결과에 대한 불안과 두려움이 섞여 있었던 게 아닐까?
이런 생각이 스쳐 가며, '만약'에라는 질문하는 방향을 바꾸는 일이 얼마나 중요한지 깨닫기 시작했다.

어르신은 다시 한번 미소를 지었다.
"밝은 미래를 향한 질문을 통해 자네 내면을 바꾸는 거지.
이 과정을 거치면 자네 생각은 점점 원하는 방향으로 움직이기 시작할 걸세."

나는 그 조언을 깊이 새겼다.
희망이 담긴 질문이 내 생각을 바꿀 수 있다면, 경제적 자유는 더 이상 막연한 꿈이 아니라 현실이 될 가능성이 높아질 것 같았다.

독자들에게 전하는 메시지

당신은 지금 어떤 기준으로 성공을 정의하고 있나요?
세상이 정해놓은 기준을 따르고 있나요, 아니면 스스로 원하는 방향을 설정하고 있나요?
혹시 '이 길이 맞을까?'라는 의문을 품으면서도, 정작 자신에게 질문을 던지는 일이 어렵지는 않나요?
"만약에 내가 진정 원하는 삶을 이룬다면?"
이 질문 하나가 당신의 내면을 움직이고, 꿈을 현실로 바꾸는 강력한 원동력이 될 수 있습니다.
성공은 단순히 결과가 아니라, 자신이 설정한 방향을 향해 나아가는 과정입니다.
긍정적인 가능성을 상상하고, 스스로에 대한 믿음을 새롭게 세워보세요.
지금 이 순간이 바로 당신이 원하는 삶을 설계하는 시작점이 될 수 있습니다.
스스로에게 질문하세요.
"나는 지금 성공을 향해 가고 있는가?"
그 대답 속에서, 그 길은 당신만을 위해 열립니다.

Carl Jung (칼 융)

"무의식을 의식하지 않으면, 그것이 당신의 삶을
지배하고 당신은 그것을 운명이라 부를 것이다."

Buddha (붓다)

"마음이 모든 것이다.
당신이 생각하는 것이 당신이 된다."

Earl Nightingale (얼 나이팅게일)

"우리가 잠재의식에 심고 반복과 감정으로
가꾸는 것은 언젠가 현실이 될 것이다."

Chapter 7:

'이 질문 하나로 인생이 바뀌다'

질문을 바꾸면
모든 흐름이 달라진다

나는 조심스럽게 되물었다.

"만약에...에 대해서 더 자세히 알고 싶어요."

어르신은 미소를 지으며 천천히 고개를 끄덕였다.

그 눈빛에는 깊은 통찰과 확신이 담겨 있었다.

"'만약에'라는 말, 참 간단해 보이지만 실은 엄청난 힘을 가진 도구지.

사람들은 늘 미래를 상상하며 '만약에'를 사용하지만, 정작 그 말이 얼마나 중요한지,

어떻게 삶에 영향을 미치는지 제대로 인식하지 못하는 경우가 많아.

이 '만약에'를 올바르게 활용하는 일이야말로 변화하는 시작이 될 수 있네."

나는 그를 바라보며 귀를 기울였다.

어르신은 잠시 말을 멈추더니 다시 입을 열었다.

“하지만 ‘만약에’를 제대로 이해하려면 먼저 잠재의식과 무의식이 무엇인지 알아야 하네.

이 둘이 어떻게 작용하는지 알게 된다면 ‘만약에’가 내면을 어떻게 변화시키는지 이해할 수 있을 걸세.”

그는 깊은 목소리로 설명을 이어갔다.

“잠재의식은 우리가 의식적으로 떠올리지 않아도 머릿속에서 계속 작용하는 습관과 믿음으로 형성되지.

반복적인 행동과 신념이 쌓이며, 긍정적으로도, 혹은 부정적으로도 작용할 수 있어.

일상에 흐름에도 큰 영향을 주는 요소이지.

하지만 이는 스스로 인식하고 조절할 수 있는 부분이기도 하네.

즉, 의식적인 선택과 노력을 통해 얼마든지 바꿔나갈 수 있다는 점에서 강점이 있지.”

어르신은 나를 바라보며 잠재의식이 삶에 미치는 영향을 쉽게 이해할 수 있도록 설명을 이어갔다.

"잠재의식이란 자네가 매일 무의식적으로 반복하는 생각과 행동 속에 숨어 있는 강력한 힘이지.

자네도 분명 이런 경험을 했을 걸세."

어르신은 주변을 둘러보며 말했다.

"예를 하나 들어보자고.

만약 자네가 어릴 적부터 '넌 운동 신경이 없잖아'라는 말을 계속 들으며 자랐다면 어찌 될까?

체육 시간마다 공을 잡지 못하거나 달리기에서 꼴찌를 할 때마다 친구들이 놀리고, 선생님이 '너는 운동을 전혀 못 하는구나'라고 말한다면, 자네 마음속 생각은 어떻게 흘러가겠나?"

나는 잠시 생각하다가 답했다.

"그 말을 듣다 보면 정말로 '난 운동을 못 해'라고 믿어버릴 거 같아요."

어르신은 고개를 끄덕이며 이어갔다.

"맞아. 그런 믿음이 깊이 자리 잡으면, 자연스럽게 운동에 대한 자신감을 잃게 되지.

운동할 기회가 와도 시도조차 하지 않거나, 시작하기 전에 '어차피 난 못할 거야'라는 생각이 먼저 떠오르게 마련이지.

그리고 운동에서 실패할 때마다, '역시 난 운동을 못해'라는 확신이 더 강해지면서 악순환이 계속 이어지네."

나는 그 말을 들으며 학창 시절 체육 시간에 공을 제대로 잡지 못했던 순간을 떠올렸다.

그때 친구들이 비웃던 장면이 머릿속에서 생생하게 되살아났다.

어르신은 내 반응을 살피며 또 다른 예를 들었다.

"이런 경우도 있네.

자네가 시험을 준비하면서 '난 공부를 해도 머리에 잘 들어오지 않아'라고 자주 말한다면 어떤 일이 생길까?

처음엔 장난처럼 했던 말이라도, 그 생각이 깊이 박히면 실제로 집중력이 떨어지고 공부가 점점 어려워진다네.

결국 시험 결과가 기대에 못 미치면, 자네는 더 큰 확신을 하게 되지.

'역시 난 공부에 소질이 없구나.' 그렇게 믿어버리게

되는 거야."

어르신은 잠시 말을 멈추더니 조용히 물었다.

"자네, 이런 패턴이 돈이나 인간관계를 포함해서 우리 내면 깊숙한 곳에서도 똑같이 반복된다는 걸 알고 있나?"

나는 고개를 저었다.

그는 차를 한 모금 마시며 천천히 이야기를 이어갔다.

"어릴 때부터 '넌 왜 그렇게 뭐든 끝까지 못 해내니?' 라는 말을 자주 들었다고 해보세.

부모님, 선생님, 친구들까지도 무심코 그런 말을 던졌을 수도 있지.

그렇다면 자네 마음속에는 어떤 생각이 자리 잡게 될까?"

그는 잠시 뜸을 들이더니 다시 말했다.

"자네는 무슨 일이든 시작하기 전부터 '어차피 난 끝까지 못 해낼 거야'라는 생각을 하게 되지.

그러면 노력하기도 전에 포기하게 되고, 결국 원하는

결과를 얻지 못하면 '역시 난 뭐든 끝까지 해내지 못해'라고 자책하며 그 믿음을 더욱 강화시키는 거야.

이게 바로 잠재의식이 우리를 가두는 덫이라네."

어르신은 의미심장한 표정으로 덧붙였다.

"사람은 무의식적으로 자리 잡은 생각을 행동으로 옮기게 되어 있지.

잠재의식이란 그렇게 보이지 않는 곳에서 우리 선택과 삶에 방향을 조용히 결정짓는다네."

나는 깊이 공감하며 그 말을 곱씹었다.

잠재의식 속에 자리한 신념이 우리 삶에 얼마나 큰 영향을 미치는지, 그리고 그것이 생각과 행동을 어떻게 이끌어 가는지를 다시금 깨닫게 되었다.

"그러니까 자네가 진정으로 원하는 목표가 있다면, 무엇보다 마음 깊숙한 곳에 자리 잡은 오래된 신념을 먼저 들여다봐야 해.

그리고 자네가 꿈꾸는 긍정적인 가능성으로 그 믿음을 바꾸고, 꾸준한 연습과 노력을 통해 더 나은 방향으로 변화시킬 수 있네."

그에 설명은 점점 흥미롭게 다가왔다.

"그에 반해 무의식은 자네가 거의 알아차리지 못하는, 더 깊은 정신 영역이라 할 수 있지.

이건 자네가 과거부터 쌓아온 감정과 경험, 그리고 가장 깊은 신념들이 얽혀 형성된 거기에 스스로 조절하기가 쉽지 않네.

그래서 무의식이 가지는 힘은 잠재의식보다 훨씬 더 강하게 작용하곤 하지."

어르신은 내 반응을 살피며 말을 이어갔다.

"무의식 속에 어떤 신념이 자리 잡으면, 자네는 그것을 거의 인식하지 못한 채 그 영향 아래에서 생각하고 행동하게 되네.

그러니까 만약 무의식 속에 부정적인 '만약'에가 깊이 자리 잡고 있다면, 자네는 원하든 원하지 않든 그 방향으로 계속 끌려가게 되는 거야."

어르신은 내게 무의식이 우리 삶 깊은 곳까지 영향을 미치며 방향을 결정하는 힘에 대해 이야기하기 시작했다.

“우리는 어릴 때부터 너무도 당연하게 직업을 갖기 위한 교육을 받아 왔지.

초등학교 시절부터 ‘좋은 성적을 내야 더 나은 중학교에 갈 수 있고, 좋은 고등학교와 대학을 나와야 안정적인 직업을 가질 수 있다’고 배워왔지 않나?”

나는 조용히 고개를 끄덕였다.

어르신은 깊은 생각에 잠긴 듯 잠시 말을 멈추더니 다시 입을 열었다.

“어린 시절부터 부모님, 선생님, 친구들에게서 그런 말을 끊임없이 듣고 자라다 보면, 우리는 직업을 등급으로 나누게 되네.

하지만 문제는 그 기준이 우리 스스로가 만든 게 아니라, 사회가 정해 놓은 성공이라는 틀 속에서 형성된다는 점이지.”

그는 나를 바라보며 무의식이 작용하는 방식을 설명했다.

“사실 우리가 어릴 때부터 듣고 배운 말들은 의식적으로는 ‘아, 이런 직업이 좋은 거구나’ 하고 넘길 수 있지만, 그 말들이 쌓이면 무의식 깊은 곳에서 직업을 서열화하고, 연봉이나 근무 환경에 따라 가치를 매기는 기준이 만들어지지.

결국 우리는 별다른 고민 없이 '안전한 길'을 택하는 경향이 짙어지게 되네."

나는 그의 말에 깊이 공감했다.

사회가 만든 틀 속에서 더 좋은 직업을 선택하는 일이 곧 성공이라는 믿음을 가지게 된 내 모습이 떠올랐다.

어르신은 다시 이야기를 이어갔다.

"예를 들어 보겠네.

사람들은 덥거나 추운 날씨 속에서 일하는 직업을 힘들고 덜 인정받는 일로 간주하지 않나?

반대로, 쾌적한 환경에서 높은 연봉을 받는 직업을 성공한 직업이라고 여기는 경향이 강하지.

그렇게 자란 우리는 자연스럽게 덜 인정받는 일을 피하려는 선택을 하게 되고, 안정적인 직업을 얻기 위해 치열하게 경쟁하는 거야.

이런 흐름을 보면, 무의식이야말로 우리 삶을 지배하는 가장 강력한 힘이지."

나는 마음 깊이 와닿았다.

무의식 속에 자리 잡은 직업과 성공에 대한 기준이, 나도 모르게 내 삶에 방향을 정해버리고 있었다.

어르신은 잠시 뜸을 들이더니 중요한 조언을 덧붙였다.

"어릴 때부터 형성된 성공 기준이 과연 자네가 진정으로 원하는 삶과 일치하는지 돌아볼 필요가 있어.

무의식에 각인된 사회적 기준이 아니라, 자네가 정말 원하는 삶을 목표로 삼아야 무의식도 점차 자네 뜻대로 변화하기 시작할 걸세."

나는 생각이 깊어졌다.

내가 쌓아온 무의식적인 기준들이 나를 평가하고 제한하고 있었다는 사실을 깨닫자, 이제야 비로소 내가 원하는 방향을 설정해야겠다는 다짐이 들었다.

어르신은 나를 바라보며 한층 더 깊이 있는 질문을 던졌다.

"자네, 힘들고 인정받지 못하는 일을 한다고 해서 그 사람이 성공하지 못한 걸까?

그리고 그런 일을 하는 사람이 반드시 불행하다고 볼

수 있을까?"

나는 잠시 생각에 잠겼다.

어르신은 내 반응을 지켜보며 미소를 지었다.

"실제로 자신이 하는 일에 자부심을 느끼고, 하루하루를 만족스럽게 살아가는 사람도 많네.

그들은 사회적 평가에 휘둘리지 않고 자신이 하는 일에서 가치를 찾고, 삶에 의미를 찾아가고 있지.

하지만 우리는 무의식적으로 직업을 서열화하고, 마치 정해진 규칙처럼 받아들이는 경우가 많네.

그런 기준에 사로잡히다 보면, 자신이 원하는 삶이 아니라 남들이 정해 놓은 기준에 맞추어 살게 되는 거야."

어쩌면 나 역시 무의식중에 사회가 만든 기준으로 사람들을 평가하고 있었을지도 모른다는 생각이 들었다.

어르신은 조용히 고개를 끄덕이며 덧붙였다.

"이런 무의식적인 기준들은 사실 자네 성공과는 아무런 관련이 없네.

각자가 가지는 성공 의미는 다르고, 추구하는 삶을

살아가는 방식도 제각기 다른 법이거든.

하지만 무의식에 사로잡히면 우리는 다른 사람 직업을 보고 쉽게 결론을 내리거나, 비교를 하면서 스스로를 자책하는 경우가 많지.

그렇게 되면 자존감은 점점 낮아지고, 만족감보다는 결핍만 남게 되네."

"그래서 무의식을 바꾸는 게 중요하네.

무의식을 변화시키면 자네가 원하는 삶을 살기 위한 길이 열릴 뿐 아니라, 사회가 만들어 놓은 부정적인 감정에도 흔들리지 않게 되지.

무의식을 바꾸는 건 단순한 변화가 아니라, 자네 삶을 더욱 풍요롭게 만들어 줄 시작점이 될 걸세."

그에 말을 들으며 나는 깊이 수긍했다.

무의식을 바꾸는 일은 단순히 나 자신의 문제가 아니라, 그동안 나를 힘들게 했던 비교와 부정적인 감정을 정리하고, 내 삶을 더욱 가치 있게 만들어 줄 중요한 과정이라는 확신이 들었다.

"자네, 무의식과 잠재의식이 삶에 방향을 결정짓는다는 말을 들어본 적 있나?

이 둘은 자네가 알아차리지 못하는 사이에 행동과 결정을 이끌어 가네.

그래서 이 두 가지를 자네가 바라는 성공을 위해 어떻게 활용하는지가 중요하지."

나는 어르신 말에 주의를 깊게 기울였다.

어르신은 조용하지만 확신에 찬 목소리로 이어갔다.

"만약 무의식에 부정적인 감정이 깊이 자리 잡고 있다면, 자네가 성공을 향해 나아가려 할 때마다 스스로 그 길을 막아버릴 가능성이 커지네.

'내가 과연 이걸 해낼 수 있을까?' 하는 의심이 자꾸 떠오르고, 아무 이유 없이 불안감이 커질 수도 있지."

어르신은 잠시 말을 멈추고 내 얼굴을 바라보았다.

나는 깊이 공감하며 고개를 끄덕였다.

그는 다시 이야기를 이어갔다.

"그래서 무의식이 가지는 힘을 성공으로 이끌기 위해선 그 안에 숨어 있는 부정적인 감정을 먼저 알아차리고, 그것을 긍정적인 방향으로 바꿔주는 게 중요하네.

자네가 지금까지 무심코 자책하거나 불안해했던 생각들을 의식적으로 긍정적인 신념으로 바꾸는 과정이 필요하지."

나는 스스로도 모르게 내 무의식 속 감정들이 목표를 이루는 데 장애물이 될 수 있다는 사실을 깨닫고 있었다.

어르신은 이어서 잠재의식에 중요성을 설명했다.

"자네가 성공을 위해 어떤 생각을 반복하느냐에 따라 잠재의식이 서서히 그 방향으로 움직이게 되네.

'내가 성공할 수 있을까?'가 아니라 '나는 반드시 성공한다'라고 생각을 바꿔야 하지.

그러면 잠재의식도 점점 긍정적인 방향으로 굳어지게 될 걸세."

그제야 나는 어르신이 하는 설명이 무엇을 의미하는지 조금씩 이해하기 시작했다.

무의식이 과거 감정에 영향을 받고 있다면, 잠재의식은 내가 지금 무엇을 반복하느냐에 따라 변화할 수 있다는 거다.

그리고 더 나아가 자네 잠재의식을 긍정적인 생각과 성공하는 마음가짐으로 채워야 하지.

매일 '만약에 내가 성공한다면?'이라는 질문을 스스로에게 던져보게나.

그 질문이 잠재의식을 긍정적인 방향으로 조금씩 변화시키는 출발점이 될 걸세."

어르신은 의미심장한 눈빛으로 나를 바라보며 덧붙였다.

"그러니 자네가 어떤 '만약'에를 품느냐가 무척 중요하네.

자네가 의식적으로 '만약에 내가 부자가 된다면?' 같은 긍정적인 가정을 하게 되면, 그 생각이 점차 잠재의식에 자리 잡고 무의식에도 긍정적인 영향을 미치게 되지.

'만약'에라는 말은 자네가 믿는 미래를 설계할 수 있는 강력한 시작점이자 출발선이네."

그는 내가 이해했는지 확인하는 듯 나를 바라봤다.

"자네가 어떤 가능성을 품느냐에 따라 잠재의식과 무의식이 정해지고, 그에 따라 생각과 행동이 자연스럽게 이끌려가네.

그러니 '만약'에라는 가정이야말로 자네가 가려는 성공이라는 길에 첫 단계라네.

자네가 진정으로 원하는 삶을 설계하기 위해선, 이를 먼저 인식하고 긍정적인 방향으로 바꾸어야 하지."

어르신은 내게 '만약'에라는 말이 우리 삶에 미치는 영향을 깊이 있게 설명하기 시작했다.

"자네, '만약에'라는 말이 얼마나 강한 힘을 가지고 있는지 알고 있나?

자네가 그 말을 긍정적으로 사용하느냐, 부정적으로 사용하느냐에 따라 삶이 완전히 달라질 수 있다네."

나는 어르신 말에 귀를 기울였다.

"먼저, 긍정적인 '만약'에를 생각해 보게.

한 젊은이가 늘 이런 질문을 자신에게 던진다고 해 보세.

'만약에 내가 성공한다면, 어떤 삶을 살게 될까?'

그는 성공한 자신 모습을 구체적으로 상상하며 끊임없이 가능성을 스스로에게 부여하는 거야.

이 질문은 앞으로 나아갈 힘이 되어 주고, 생각하는 방향을 점점 긍정적으로 이끌어 주지.

그는 매일 조금씩 더 노력하게 되고, 그 상상이 실제 행동으로 이어지면서 결국 성공으로 나아가는 동력이 되는 거라네."

어르신이 들려준 예시는 너무도 생생했고, 나는 긍정적인 '만약'에가 삶에 방향을 얼마나 변화시킬 수 있는지 깊이 깨달았다.

어르신은 미소를 지으며 잠시 말을 멈추더니, 이번엔 부정적인 '만약'에 대해 설명했다.

"이번에는 반대 경우를 보겠네.

어떤 사람이 늘 이렇게 생각한다고 해 보세.

'만약에 내가 실패하면 어떻게 하지?'

그는 기회가 다가올 때마다 성공보다는 실패할 가능성을 먼저 떠올리지.

'만약에 내가 실패해서 모든 걸 잃는다면. '

이 부정적인 '만약에'는 불안과 두려움을 키우고, 도전하려는 의지를 점점 약하게 만들지.

결국 그는 스스로 기회를 포기하고, 자신의 한계를

점점 좁혀가는 결과를 초래하게 되네."

나는 그 설명을 들으며 마음이 무거워졌다.

부정적인 '만약'에가 불안과 두려움을 조장하며, 사람이 지닌 가능성을 억누를 수 있다는 점이 확연히 느껴졌다.

어르신은 마지막으로 나를 바라보며 조용하지만 힘 있는 목소리로 조언을 덧붙였다.

"그러니 자네가 '만약에'라는 질문을 던질 때는 늘 신중해야 하네.

자네가 어떤 미래를 그려가느냐에 따라 이 질문이 자네를 성공으로 이끌 수도, 한 걸음도 나아가지 못하게 만들 수도 있지.

'만약에 내가 원하는 삶을 이루었다면?' 이런 긍정적인 질문을 마음속에 품어 보게.

그 질문이 자네를 꿈꾸는 방향으로 한 걸음 더 이끌어 줄 걸세."

내가 품는 '만약'에라는 질문이 내 삶을 어떻게 바꿔 놓을지, 그 무게가 더욱 깊이 다가왔다.

어르신은 의미심장한 눈빛으로 나를 바라보며 덧붙였다.

"이제부터 자네가 품어야 할 '만약'에를 진지하게 생각해 보게.

'만약에 내가 경제적 자유를 얻는다면?'이라는 긍정적인 가정을 하고, 그로부터 펼쳐질 삶을 구체적으로 그려 보게나.

그 생각이 자네 내면 깊숙이 자리 잡으면, 경제적 자유는 더 이상 막연한 꿈이 아니라 실현 가능한 목표가 될 걸세."

그날 어르신이 해준 설명과 조언은 내게 무의식을 어떻게 인식하고, 무엇을 변화시켜야 할지 명확하게 알려 주었다.

어르신 말이 마치 새로운 가능성을 열어 준 것처럼 가슴이 뛰었다.

이제 나는 첫 번째 단계로 긍정적인 '만약'에를 설정하고, 그 상상을 통해 나를 위한 삶을 구체적으로 그려 보기로 했다.

경제적 자유는 어느새 단순한 꿈이 아니라 현실로 다가오고 있었다.

독자들에게 전하는 메시지

'만약'에라는 질문이 당신 삶을 어떻게 바꿀 수 있을까요?
지금까지 당신이 스스로에게 던졌던 '만약'에는 어떤 가정이었나요?
그 질문은 당신을 앞으로 나아가게 했나요, 아니면 발목을 잡았나요?
부정적인 '만약에'는 두려움과 불안을 키우지만, 긍정적인 '만약에'는 가능성을 열어줍니다.
'만약에 내가 할 수 있다면?' 이 질문을 마음에 품고, 그 상상 속에서 당신이 원하는 삶을 구체적으로 그려보세요.
그 질문이 곧 당신의 미래를 현실로 바꿀 열쇠가 됩니다.
지금 이 순간, 당신은 어떤 '만약'에를 선택하시겠습니까?

Lao Tzu (노자)

"생각을 조심하라. 그것은 곧 당신의 말이 된다.
말을 조심하라. 그것은 곧 당신의 행동이 된다.
행동을 조심하라. 그것은 곧 당신의 습관이 된다.
습관을 조심하라. 그것은 곧 당신의 성격이 된다.
그리고 당신의 성격은 당신의 운명을 결정한다."

James Allen (제임스 앨런)

"외부 세계는 내부 세계의 반영이다."

Oprah Winfrey (오프라 윈프리)

"당신은 당신이 믿는 대로 된다.
부정적인 믿음은 부정적인 결과를 낳고,
긍정적인 믿음은 긍정적인 결과를 낳는다."

번외 Chapter:

‘믿든 안 믿든, ‘만약’에는 이미 작동 중이다’

생략된 '만약에'를 깨우다

사우나 뜨거운 열기 속에서, 어르신은 흥미로운 질문을 던졌다.

"자네, 영어를 배우면서 If라는 단어를 들어봤겠지?"

나는 고개를 끄덕이며 대답했다.

"물론입니다. 영어에서 If는 가정을 나타내는 중요한 단어잖아요.

'만약'에라는 뜻으로 미래를 상상하거나, 과거를 되돌아보거나, 현실과 다른 상황을 설정할 때 쓰이죠."

어르신은 미소를 지으며 말을 이어갔다.

"맞아, If는 영어에서도 중요한 역할을 하지.

그런데 자네는 If가 종종 문장에서 생략된다는 사실을 알고 있나?"

"생략이요?" 나는 기억을 더듬었다.

"아, 맞아요. 공부할 때 배웠던 적이 있어요."

어르신은 차분히 고개를 끄덕이며 설명했다.

"영어에서 가정을 표현할 때, If가 종종 생략되기도 하지. 예를 들어볼까?

'If I were you, I would do it.'(내가 너라면, 그걸 할 거야)라는 문장에서 If를 빼고,

'Were I you, I would do it.'이라고 표현하기도 하네.

또한, 'If it were true, I would believe it.'(그게 사실이라면, 나는 믿을 거야) 대신

'Were it true, I would believe it.'처럼 말할 수도 있지."

나는 그 말을 곱씹으며 고개를 끄덕였다.

"그렇군요. If가 생략되더라도 가정하는 의미는 여전히 살아 있네요."

어르신은 한층 더 깊어진 목소리로 말을 이었다.

"맞네. If가 없어도 가정하는 의미는 문장 속에서 명확하게 전달되듯이,

우리가 삶에서 '만약'에를 입 밖에 내지 않는다 해도,

그 생각은 무의식에 자리 잡고 있다네.
자네도 이런 생각을 해본 적이 있을 거야.

'더 좋은 직장을 구했다면 어땠을까?'
'로또에 당첨된다면 얼마나 좋을까?'
'그때 그 기회를 잡았다면 지금은 어땠을까?'

이 모든 생각이 바로 '만약'에라는 가정이 생략된 채 작동하는 거지."

나는 크게 공감하며 말했다.
"그렇네요. 많은 사람이 '나는 만약에를 떠올리지 않는다.'라고 말하지만,
결국은 무의식적으로 가정을 하며 살아가고 있었군요."

나는 문득 궁금해졌다.
"그런데 사람들은 왜 '만약'에를 부정하려고 하는 걸까요?"

어르신은 잠시 생각한 뒤 대답했다.
"아마도 두려움 때문일 걸세.

사람들은 미래를 상상하면서도, 그 일이 이루어지지 않을까 봐 불안해하고,

혹은 현실과 거리가 너무 멀어 보이면 자신을 비웃기 싫어 부정하는 경우가 많지."

그는 진지한 눈빛으로 말을 이었다.

"하지만 중요한 건, 부정하든 아니든 '만약'에는 이미 마음속에 자리 잡고 있다는 거야.

그리고 그 생각을 외면하거나 숨기려 할수록, 가능성은 점점 사라지게 된다네."

나는 이해하며 말했다.

"결국 '만약에'를 부정할 게 아니라, 그것을 인정하고 긍정적으로 활용해야 하는 거군요."

어르신은 미소를 지으며 고개를 끄덕였다.

"바로 그거라네. If가 생략된 문장이 의미를 잃지 않듯이,

우리 삶에도 '만약'에라는 가정이 숨어 있을 뿐이야.

가정은 단순한 문법이 아니라, 인간에 사고 본질과 연결되어 있지.

'내가 더 부지런하다면?'
'내가 용기를 낸다면?'
'내가 지금 행동하지 않는다면?'

사람들은 무의식적으로 이런 생각을 계속한다네."

어르신은 잠시 나를 바라보며 말을 이었다.
"그런데 문제는 대부분이 이 가정을 부정하고,
설령 인정하더라도 부정적인 방향으로 사용한다는 거야.

'더 잘했더라면'
'그때 그러지 않았더라면'
'내가 할 수 있을까'
'망하면 어쩌지?'

이런 후회와 불안이 가득하지."

그는 내 눈을 마주 보며 말했다.
"그런데 말일세, '만약에 내가 지금부터 달라진다면?' 이라고 질문을 바꾼다면 어떻게 될까?"

나는 잠시 고민하다가 대답했다.
"뇌가 새로운 가능성을 찾아보기 시작하지 않을까요?"

어르신은 환하게 웃으며 손뼉을 쳤다.
"맞네! 그게 바로 긍정적인 '만약'에 힘이라네.
부정적인 가정은 후회와 두려움 속에 머물게 하지만,
긍정적인 가정은 새로운 길을 열어 주지.
영어 문장에서 If가 생략되더라도 의미가 전달되듯이,
우리 삶에서도 '만약'에를 의식적으로 떠올리지 않더라도 이미 존재하고 있어.
자네가 해야 할 일은 그 숨겨진 '만약'에를 끌어내어 긍정적인 방향으로 활용하는 거야."

독자들에게 전하는 메시지

당신은 지금까지 어떤 '만약'에를 떠올려 왔나요?
우리는 늘 가정하며 살아갑니다.
그것이 의식적이든 무의식적이든, 누구나 마음속에 가정을 품고 있습니다.
그 가정을 어떻게 활용하느냐가 우리 삶을 결정합니다.
부정적인 가정은 후회와 두려움을 만들지만,

긍정적인 가정은 새로운 가능성과 희망을 열어줍니다.
당신의 숨겨진 '만약'에를 찾아보세요.
그 질문을 긍정적으로 바꾸는 순간, 당신 미래는 달라집니다.

Chapter 8:

'생각만 바꿔도, 인생이 달라진다'

작은 순간들이 큰 변화를 만든다

어르신 조언을 들은 후, 나는 결심했다.

'만약에 내가 원하는 삶을 이룬다면?'이라는 긍정적인 질문을 품고 다시 살아보기로. 하지만 기대처럼 쉽지는 않았다.

하루하루 바쁜 업무 속에서, 약속과 데이트를 하며, 작은 순간마다 부정적인 생각에 휩싸였다. 그럴 때마다 어르신 말이 떠올랐다.

"자네가 어떤 '만약에'를 품느냐에 따라 삶이 달라지네. 그러니 질문을 긍정적으로 던져 보게."

그 가르침을 실천하기 위해, 나는 일상 모든 순간에 긍정적인 '만약'에를 적용하려 노력하기 시작했다.

<출근길에서>

출근길은 늘 지치기 쉬운 시간이었다.

정체된 도로 위에서 짜증과 피로가 밀려왔다.

하지만 그날, 의식적으로 생각을 바꿔 보기로 했다.

'만약에 이 시간을 활용해 내게 도움이 되는 무언가를 한다면 어떨까?'

그렇게 음악 대신 자기계발 오디오북을 틀었다.

차들은 여전히 거북이걸음을 했지만, 나는 새로운 아이디어와 영감을 얻었다.

어느새 출근길이 짜증나는 시간이 아니라 나 자신과 대화하는 중요한 시간으로 바뀌었다.

<업무 중에>

근무 중에는 크고 작은 일들이 쌓이며 나를 지치게 했다.

끊임없이 울려 퍼지는 신고 지령, 끝없이 이어지는 사건보고.

때로는 무례한 사람들을 상대하며 마음이 무너지기도 했다.

하지만 나는 스스로에게 물었다.

'만약에 이 순간을 성장할 기회로 받아들인다면 어떨까? 이 경험이 나를 더 단단하고 유연한 사람으로 만들어 준다면?'

생각을 바꾸자, 업무 속에서 배울 수 있는 일들이 보였다.

누군가를 도우며 느끼는 보람, 문제를 해결하며 얻는 자신감. 이제 업무는 단순한 일 반복이 아니라 나를 성장시키는 과정으로 다가왔다.

<데이트 중에>

여자 친구와 데이트는 늘 기쁘지만, 때때로 서로 생각이 어긋날 때가 있었다.

사소한 의견 차이가 다툼으로 번지면 마음이 무거워졌다.

그날도 마찬가지였다.

대화가 격해지려는 순간, 나는 스스로에게 물었다.

'만약에 내가 먼저 한발 양보하고, 그녀를 더 깊이 이

해하려 노력한다면?'

그 질문 하나로 마음이 가라앉았다.

나는 여자 친구 말을 차분히 듣고, 내 생각도 진심을 담아 전했다.

서로를 이해하려 노력하자 대화는 더욱 깊어졌고, 우리는 한층 가까워졌다.

<친구와의 만남에서>

어느 날, 오랜 친구를 만났다.

그는 직장에서 이룬 성과를 자랑스럽게 이야기했지만, 나는 문득 자신을 비교하는 나를 발견했다.

'나는 왜 이만큼밖에 못했을까?'라는 생각이 스며들었다. 그때 또 어르신 조언이 떠올랐다.

'만약에 비교를 멈추고, 내 길에 집중한다면 어떨까?'

그렇게 생각을 바꾸자, 친구 성공이 부러움이 아니라 응원이 되었다.

나는 내 길을 걷고 있고, 친구 또한 자신의 길을 걷고 있다는 사실이 마음을 편안하게 했다.

이처럼 나는 일상에 작은 순간마다 긍정적인 '만약'에를 적용하며 생각을 변화시켜 갔다.

처음엔 어색했지만, 매일 조금씩 나아지고 있음을 느꼈다.

'만약'에라는 질문은 삶에 구석구석에서 새로운 가능성을 발견하도록 도왔다.

어르신 말처럼, 내 생각과 행동이 점차 긍정적으로 변하고 있었다.

매 순간 의식적으로 긍정적인 '만약'에를 떠올리는 습관은 삶에 태도를 변화시켰고, 그 작은 변화들이 쌓이며 나를 더 나은 사람으로 만들어 가고 있었다.

나는 그날 다시 한번 생각했다.

'만약에 이 작은 변화를 꾸준히 이어간다면, 내 삶은 어디까지 변할 수 있을까?'

그 질문 하나가 또 한 번, 내 하루를 힘차게 시작할 원동력이 되어 주었다.

독자들에게 전하는 메시지

언제 마지막으로 당신 자신에게 질문을 던졌나요?
우리는 하루에도 수십 번 부정적인 생각에 휩싸입니다.
지루한 출근길, 쏟아지는 업무, 관계에서의 갈등, 비교에서 오는 초조함.
그런 순간마다 스스로에게 이렇게 물어보세요.
'만약에 이 순간을 성장할 기회로 바라본다면?'
'만약에 이 어려움이 나를 더 단단하게 만들어 준다면?'
'만약에 내가 지금 할 수 있는 최선을 다한다면?'
작은 질문 하나가 우리 태도를 바꾸고, 그 변화가 쌓이면 삶은 완전히 달라집니다.
삶은 단번에 바뀌지 않습니다.
하지만 오늘 던지는 긍정적인 질문 하나가 미래를 만들어 갑니다.
지금, 당신은 어떤 '만약'에를 품고 있나요? 오늘부터 긍정하는 질문을 시작해 보세요.
당신에 하루가 바뀌고, 나아가 삶이 달라집니다.

Norman Vincent Peale (노먼 빈센트 필)

"생각을 바꾸면 세상이 바뀝니다."

Zig Ziglar (지그 지글러)

"당신의 적성이 아니라 당신의 태도가
당신의 고도를 결정할 것입니다."

Willie Nelson (윌리 넬슨)

" 부정적인 생각을 긍정적인 생각으로 바꾸는 순간,
긍정적인 결과가 나타나기 시작합니다."

[당신만의 '만약에'를 시작해 보세요]

이제 여러분 삶에도 '만약에' 힘을 적용해 볼 차례입니다.

작은 순간부터 시작해 보세요.

일상에서 마주하는 여러 상황에 긍정적인 '만약에'를 던지고, 그것이 생각과 행동을 어떻게 바꾸는지 직접 느껴보세요.

다음 질문을 참고하며 자유롭게 적어 내려가세요.

부담 없이, 상상력을 펼치면서 자신만의 이야기를 써 보세요.

1. 지금 내 삶에서 가장 변화가 필요하다고 느끼는 부분은?

현재 불만족스럽거나 더 나아지고 싶은 부분이 있다면 적어보세요.

(예: "매일 반복되는 일상을 벗어나 창의적인 활동을 하고 싶다.")

작성해 보기: ____________________

____

____

____

____

2. 긍정적인 '만약에'를 떠올려 보세요.

이 상황에서 원하는 가능성을 한 문장으로 표현해 보세요.

(예: "만약에 내가 원하는 창의적인 일을 찾는다면, 매일 설레는 마음으로 하루를 시작할 거야.")

작성해 보기: ____________________

____

____

____

3. 그 '만약에'를 현실로 만들기 위해 할 수 있는 작은 행동은?

지금 당장 실천할 수 있는 작은 변화부터 시작해 보세요.

(예: "매일 30분씩 관심 있는 분야를 공부하거나, 관련된 책을 읽는다.")

작성해 보기: ____________________

____

____

____

4. 그 '만약에'가 현실이 되었을 때 어떤 모습일까요?

꿈이 이루어졌을 때의 감정과 상황을 생생하게 상상하며 적어보세요.

(예: "내가 좋아하는 일을 하면서 경제적으로도 안정감을 느끼고, 아침마다 기대감으로 하루를 맞이한다.")

작성해 보기: ____________________

____

____

____

5. 마음속에 가장 떠오르는 '만약에'를 적어보세요.

이 문장은 앞으로 여러분을 긍정적인 방향으로 이끌어 줄 중요한 나침반이 될 것입니다.

(예: "만약에 내가 원하는 삶을 이루면, 스스로에게 자부심을 느끼게 될 거야.")

작성해 보기: ______________________________

____

____

____

____

____

나만의 '만약에'는?

오늘부터 시작할 수 있는 작은 한 걸음은?

그 한 걸음이 쌓였을 때 나는 어떤 모습일까?

여러분이 만들어 나갈 긍정적인 변화가 삶을 어떻게 바꿀지 기대해 보세요.

한 걸음 한 걸음, 원하는 방향으로 나아가는 과정을 즐기면서 자신만의 '만약에'를 찾아가길 바랍니다.

Chapter 9:

'진짜 원하는 삶을 살고 싶다면, 종이를 꺼내라'

내 삶을 설계하는 첫걸음

모든 시작은 어렵다.

그저 꿈꾸는 일과 실제로 계획을 세워 나가는 과정은 전혀 달랐다.

이제 원하는 목표를 구체적으로 정해야 할 때라는 걸 느끼면서도, 어디서부터 시작해야 할지 막막했다.

머릿속에서는 수없이 상상하고 떠올렸지만, 막상 실행하려 하니 뭔가 막연한 불안감이 밀려왔다.

나는 진정으로 무엇을 이루고 싶은 걸까? 남들이 말하는 성공이 아니라, 내 안에서 찾은 목표는 무엇일까?

그러다 문득 깨달았다.

이루고 싶은 모습은 다른 사람 기준이 아니라, 내 관점에서 정해야 한다는 걸.

세상이 규정한 방식이 아니라, 내 방식으로 설계해야 한다는 사실이 명확해졌다.

성공은 멀리 있는 것이 아니라, 내가 한 걸음씩 구체

적으로 걸어갈 때 비로소 내 것으로 다가온다는 확신이 생겼다.

종이를 꺼내 하나씩 적어보기로 했다.

경제적 자유, 내가 원하는 일, 삶에서 의미를 느낄 수 있는 성취들…

머릿속에서만 맴돌던 목표들을 하나씩 적어 내려가니, 점점 내 앞길이 뚜렷해졌다.

내 설계도는 다른 사람과 비교할 필요 없이, 오직 나를 위한 방향으로 만들어야 한다고 생각했다.

다른 이들에 속도나 방식에 휘둘리지 않고, 나 자신을 발견하고 성장하는 과정이야말로 진정한 성공이라는 확신이 들었다.

물론 가는 길에서 남과 비교하게 되고, 내 길을 의심할 순간도 찾아온다.

하지만 이제는 그런 순간들이 무의식 함정이라는 걸 알고 있다.

앞으로 내가 걸어갈 길은 오직 내 계획에 집중하는 일.

내 길을 향해 한 걸음씩 내딛을 때, 그 길에서 비로소 내가 원하는 성취를 이룰 수 있다는 믿음이 생겼다.

그렇게 나는 내 성공 설계도를 따라 나아가기로 다짐했다.

독자들에게 전하는 메시지

당신에게 '성공'이란 무엇인가요?

세상이 규정한 성공이 아닌, 진정으로 원하는 삶에 모습은 어떤가요?

누군가의 기준이 아닌, 당신만의 설계도로 목표를 그려보세요.

어떤 순간에 가장 가슴이 뛰었나요? 어떤 일에 몰입할 때 가장 행복했나요?

그 감정을 떠올려보세요. 그 안에 당신이 원하는 삶에 방향이 있을지도 모릅니다.

목표를 막연히 상상하는 데서 멈추지 말고, 직접 적어보세요.

글로 쓰는 순간, 머릿속 생각들이 구체화되고, 길이 보이기 시작합니다.

남들과 비교하지 마세요. 당신 속도와 방식에 집중하세요.

느려도 괜찮고, 방향이 바뀌어도 괜찮습니다.

중요한 사실은 계속 걸어가는 일, 그리고 내 길을 만들어가는 과정입니다.

지금, 당신은 어떤 삶을 그리고 있나요? 오늘, 그 첫 줄을 적어보세요.

Antoine de Saint-Exupéry (앙투안 드 생텍쥐페리)

"계획 없는 목표는 단지 소망에 불과하다."

Jim Rohn(짐 론)

"자신의 인생 계획을 설계하지 않으면 다른 사람의 계획에 빠질 가능성이 큽니다. 그리고 그들이 당신을 위해 무엇을 계획했는지 아십니까? 별로 없습니다."

Tony Robbins (토니 로빈스)

"목표 설정은 보이지 않는 것을 보이게 하는 첫 번째 단계입니다."

Chapter 10:

'매일 1% 변화가, 결국 100% 차이를 만든다'

한 걸음씩 실천으로 나아가다

모든 큰 목표는 작은 행동에서 시작된다.

설계도를 그리고 방향을 정하는 일만으로도 충분히 뿌듯했지만, 그 일을 현실로 옮기는 과정은 여전히 막막하고 부담스럽게 느껴졌다.

'이 계획을 어떻게 실행할 수 있을까?' 자꾸만 떠오르는 질문이 머릿속을 맴돌았다.

큰 목표를 세운 후, 필요한 일은 단계를 나누어 한 걸음씩 실천할 수 있는 구체적인 계획이라는 걸 깨달았다.

그러나 목표를 세분화하는 작업조차 쉽지 않았다.

예전에도 비슷한 경험이 있었기 때문이다.

얼마 전, 나는 경제적 자유를 이루겠다는 결심을 했지만, 실행 계획 없이 단순히 "한 달에 일정 금액을 모으자"는 다짐만 했었다.

처음에는 결심이 강해 적극적으로 실천했지만, 예상치 못한 생활비 증가와 흐트러진 의지로 인해 금세 흐

지부지되었다.

목표는 명확하지 않았고, 실행 방법이 체계적이지 않았기 때문이었다.

그래서 이번에는 다르게 접근했다.

설계도를 세밀하게 나누어 작은 단계마다 목표로 정리하기 시작했다.

큰 목표는 '경제적 자유'였지만, 이를 이루기 위해 구체적으로 어떤 과정을 거쳐야 하는지 차근차근 적어 나갔다.

매달 얼마를 저축할지, 불필요한 지출을 어떻게 줄일지 세부적인 계획을 수립하며 실천할 수 있는 행동들을 하나씩 정리했다.

또한, 새로운 습관을 형성하기 위한 작은 계획도 마련했다.

무작정 의지만 앞세워 급격한 변화를 시도하는 대신, 매일 꾸준히 실천할 수 있는 작은 행동부터 시작했다.

아침마다 30분씩 자기계발 서적을 읽거나, 15분 동안 재정 상태를 점검하는 식으로 생활 속에서 자연스럽게 스며들게 했다.

이런 작은 행동들이 반복될수록 계획이 점점 삶에 자리 잡고 있다는 느낌이 들었다.

하지만 실천하는 과정에서는 언제나 예상치 못한 장애물이 나타났다.

가끔은 계획대로 되지 않았고, 하루 이틀 목표를 놓칠 때도 있었다.

그럴 때마다 '이래도 괜찮을까?'라는 불안이 엄습했고, 예전에 실패했던 경험들이 떠올라 걱정이 커졌다.

"이번에도 포기하게 되는 건 아닐까?"라는 생각이 머릿속을 스쳤다.

그러나 이번에는 다르게 생각하기로 했다.

내가 세운 설계도는 하루 만에 완성되지 않으며, 하루의 실패가 전체 과정을 무너뜨리지는 않는 사실을 되새겼다.

작은 성공에 집중하고, 실수를 인정하며 다시 시작하는 일이 더 중요하다고 다짐했다.

그렇게 나는 포기하는 대신 다시 작은 목표부터 실천했다.

매일 한 걸음씩 실천한 노력이 쌓이면서, 그 작은 성취들이 점점 더 큰 동기부여가 되었다.

오늘에 작은 성공이 내일에 성장을 만들고, 쌓여서 결국 내가 그려온 설계도를 실현하는 힘이 되어주었다.

꾸준함이 주는 힘을 매일 경험하고 있다.

실패와 좌절이 찾아올 때마다 계획을 보완하고, 작은 성취를 축적하며 앞으로 나아가는 과정.

그렇게 한 걸음씩 실천할 때마다 내가 원하는 미래가 점점 현실이 되어가고 있었다.

이제 나는 확신한다.

큰 목표를 향해 나아가는 길은 완벽할 필요가 없다.

중요한 사실은 매일 꾸준히 나아가고, 그리고 쌓인 작은 걸음들이 결국 원하는 삶을 만들어 준다는 믿음이다.

독자들에게 전하는 메시지

당신은 목표를 세운 후, 실행이 막막했던 적이 있나요?

계획을 세우고도 시작하지 못하거나, 중간에 포기했던 경험이 떠오르나요?

모든 큰 목표는 작은 행동에서 시작됩니다.

중요한 일은 완벽하게 해내는 일이 아니라, 꾸준히 나아가는 과정입니다.

실패했다고 좌절하지 마세요.

하루의 실천이 부족했다고 해서 모든 과정이 무너지지 않습니다.

다시 한 걸음을 내딛는 용기가 더 큰 성취를 만들어

냅니다.

여러분이 원하는 삶은 단 하루 만에 완성되지 않습니다.

하지만 매일 작은 행동들이 모이면, 어느새 목표에 가까워진 자신을 발견합니다.

오늘, 당신이 실천할 수 있는 한 걸음은 무엇인가요?

그 작은 걸음이 모이면, 당신이 원하는 미래가 펼쳐집니다.

작은 성공을 소중히 여기며, 꾸준히 나아가세요.

그 과정이 결국 당신을 더 나은 내일로 이끕니다.

Peter Marshall (피터 마샬)

"실천된 작은 행동이 계획된 위대한 행동보다 낫다."

Steve Maraboli (스티브 마라볼리 박사)

"1인치의 움직임이 1마일의 의도보다
당신을 목표에 더 가까이 데려다 줄 것입니다."

John Bytheway (존 바이더웨이)

"조금씩 나아가면 삶은 쉬워지고,
한꺼번에 하려 하면 삶은 어려워진다."

Chapter 11:

'두려움이 변화를 막고 있다면, 지금이 돌파할 순간이다'

더 나은 나를 위한 끝없는 질문

목표를 향해 나아가는 길에서 가장 중요한 일은 끊임없이 배우고 성장하려는 갈망이었다.

그때부터 나는 주변을 성공한 사람들로 가득 채우고 싶다는 열망에 사로잡혔다.

SNS에서 유행하는 자기계발서를 닥치는 대로 구입하고, 하루에 한 권을 읽기도 했다.

책을 손에서 놓지 않고 이동할 때마다 펼쳐보며 지식을 흡수하려 애썼다.

머릿속엔 오직 한 가지 생각뿐이었다.

"내가 원하는 경제적 자유를 얻으려면 무엇을 해야 할까?"

책을 읽으면서도 고민은 사라지지 않았다.

경제적 자유라는 목표를 향해 가는 과정에서, 나에게

가장 적합한 길이 무엇인지 끝없이 탐색했다.

유튜브에서 성공한 사람들 이야기를 찾아보며 그들에 습관과 사고방식을 분석했다.

부자들 생활 방식, 성공하는 사람들 공통점, 긍정적인 사고, 끌어당김 법칙까지…

그들 이야기를 듣다 보면 마치 성공이 내 손에 닿을 것만 같았다.

그러나 현실은 항상 나를 붙잡고 있었다.

경찰관이라는 직업 속에서 새로운 길을 찾는 일이 쉽지만은 않았다.

“이대로도 충분한데, 굳이 변화를 시도해야 할까?”라는 의문이 수없이 떠올랐다.

그러나 나는 포기하지 않았다.

“내가 간절히 원하는 삶이 있다면, 반드시 길이 보일 거야.”

이 다짐을 가슴에 새기며, 끊임없이 방법을 모색했다.

제2의 삶을 개척하는 일이 두렵기도 했지만, 하루하루 새로운 지식을 쌓아가면서 목표가 조금씩 가까워진다는 희망이 생겼다.

문득, 어르신 말이 떠올랐다.

"잠재의식과 무의식을 변화시키는 일이 성공으로 가는 첫걸음이다."

그 조언을 실천하기 위해, 나는 100일 동안 매일 확언 문장을 100번씩 써 내려갔다.

미래 내 모습을 구체적으로 떠올리며, 스스로에게 확신을 심어주었다.

"나는 원하는 삶을 이루고, 경제적 자유를 손에 넣는다."

처음에는 어색했다.

하지만 반복할수록 말 속에 진정성이 담겼고, 어느 순간부터 내 신념이 되어갔다.

매일 확언을 되풀이하면서, 내 안에 믿음이 단단해졌고, 잠재의식이 조금씩 긍정적인 방향으로 변화했다.

그 과정 속에서 현실적인 장애물도 있었다.

주변에서는 "괜한 고생하는 거 아니냐?", "지금도 충분한데 뭘 더 바래?"라는 말을 하기도 했다.

그런데, 그 말을 하는 사람들이 나와 가장 가까운 사람들이라는 사실이 속상했다.

때때로 나 자신조차 흔들렸고, 과연 이 길이 맞는지 고민에 빠질 때도 많았다.

하지만 나는 스스로에게 다시 질문했다.

"만약 내가 끝까지 포기하지 않는다면? 지금 노력한 일들이 언젠가 결실을 맺는다면?"

그렇게 하루하루 의심을 이겨내며 나아갔다.

작은 변화가 쌓이면서, 어느새 내 삶은 이전과는 다르게 흘러가고 있었다.

확언하는 힘과 꾸준함은 단순한 이론이 아니라, 내 삶을 실제로 변화시키는 과정이었다.

나는 깨달았다.

성공은 거창한 목표에서 시작되는 게 아니라, 매일 실천하는 작은 행동 속에서 만들어진다는 사실을.

독자들에게 전하는 메시지

당신은 지금 어떤 변화를 꿈꾸고 있나요?

혹시 스스로를 가로막는 두려움이나 한계를 느끼고 있지는 않나요?

목표를 이루는 길에서 중요한 일은 단순히 꿈만 꾸는 게 아니라, 끊임없이 배우고 실천하려는 의지입니다.

불안하고, 때때로 흔들릴 수도 있습니다.

하지만 그 순간에 스스로에게 질문해 보세요.

"만약 내가 끝까지 포기하지 않는다면, 어떤 미래가 펼쳐질까?"
하루하루 반복되는 작은 행동과 확언이 삶을 변화시키는 씨앗이 됩니다.
당신이 원하는 일은 반드시 당신을 향해 다가옵니다.
중요한 사실은 멈추지 않고 앞으로 나아가는 마음입니다.
지금 당신이 내딛는 한 걸음이, 내일에 변화를 만들어 냅니다.
당신 삶을 새롭게 설계하고, 그 설계를 현실로 만드는 첫걸음을 내디뎌 보세요.
그 길 위에서 당신은 이미 성장하고 있습니다.

William Butler Yeats (윌리엄 버틀러 예이츠)

"쇠가 뜨거워질 때까지 기다리지 말고,

치면서 뜨겁게 만들어라."

Chinese Proverb (중국 속담)

"천천히 성장하는 것을 두려워하지 말고,

멈춰 서 있는 것을 두려워하라."

Joshua J. Marine (조슈아 J. 마린)

"도전은 삶을 흥미롭게 만들고,

그것을 극복하는 것이 삶에 의미를 준다."

Chapter 12:

'내가 잘 가고 있는 걸까?' 그 순간이 성장의 증거다'

지혜는
길 위에서 얻는다

오랜만에 어르신을 다시 만났다.

나는 기다렸다는 듯이 마음속 깊은 이야기를 털어놓았다.

"어르신, 말씀하신 대로 설계도를 작성하고 매일 조금씩 실천하며 변화를 꿈꿨어요.

책을 읽고, 성공한 사람들 습관을 따라 하며, 확언을 되뇌며 잠재의식을 바꾸려 했어요."

어르신은 조용히 고개를 끄덕이며 내 말을 경청했다.

그 반응에 용기를 얻어 더욱 솔직해졌다.

"많이 성장했다고 느껴요.

예전보다 사고도 넓어졌고, 제 삶을 주도적으로 설계하고 있다는 실감도 들어요.

그런데도 현실은 크게 달라진 게 없어요.

내면은 분명 변했는데, 외적인 변화는 보이지 않으니 답답한 기분이 들어요."

속마음을 털어놓고 나니 한결 가벼워졌지만, 동시에 씁쓸한 감정도 남았다.

어르신은 한동안 나를 바라보더니 차분한 목소리로 말했다.

"그 기분이 이해가네.

사실, 많은 사람이 성장하는 과정에서 마주하는 자연스러운 고민일세."

"내면에서 변화가 일어나면 곧 외부에서도 변화를 기대하지.

더 많이 배우고, 긍정적으로 생각하고, 더 나은 사람이 되기 위해 노력했으니, 당연히 세상도 달라질 거라고 믿는 거야.

하지만 현실은 그렇게 단순하지 않네."

"성장을 갈망하는 사람들은 오히려 그 과정에서 더 큰 벽을 만나는 법이지.

나 자신과 주변 환경에 차이가 점점 더 도드라지게 느껴지거든.

이 갭(gap)이 커질수록 '내가 제대로 가고 있는 걸까?' 하는 의문이 들면서 불안감이 커지는 거야.
지금 자네가 느끼는 감정도 바로 그 과정에서 비롯된 걸세."

어르신 말은 마치 내 답답함에 정확한 이름을 붙여주는 듯했다.

"이건 자네만 겪는 일이 아니네. 또한 실패가 주는 신호도 아니지.
오히려 자네가 올바른 길을 가고 있다는 증거일세.
내면 변화가 외부로 드러나는 데는 시간이 필요하네.
이 사실을 받아들이는 사람만이 끝까지 나아갈 수 있지."

나는 그저 고개를 끄덕일 수밖에 없었다.
어르신은 잠시 말을 멈추더니, 더욱 깊은 이야기를 이어갔다.
"자네가 지금까지 쌓아온 내면 성장은 절대 헛되지 않아.
시간이 지나면 어느 순간 외부에서도 그 변화를 확인하게 될 걸세.
하지만 뇌는 즉각적인 성과가 보이지 않을 때 쉽게

실망하고 포기하려 하지."

나는 어르신 말이 어디로 이어질지 궁금해졌다.

어르신은 내 반응을 읽은 듯 미소를 지으며 설명을 이어갔다.

"우리 뇌는 자네가 말한 끌어당김 법칙이나 자기 암시에 매우 민감하지.

반복적으로 상상하고 되뇌는 일은 뇌가 현실로 받아들이려는 특성이 있다네.

이것을 잘 활용하면 내면 성장이 외적 성과로 더 빠르게 연결될 수 있지."

그는 나를 바라보며 한 가지 예를 들었다.

"자네가 매일 '내가 경제적으로 자유를 얻는다면…'이라고 구체적으로 상상한다고 해보게.

그러면 뇌는 그것을 실제 경험처럼 인식하게 되지.

그 과정에서 무의식적으로 필요한 행동을 실천하게 되고, 결국 원하는 방향으로 나아가게 되는 거야."

"하지만 더 중요한 일은 얼마나 진정성 있게 믿고 상상하느냐에 달려 있네.

뇌는 확신하는 대로 반응하지, 의심하는 마음을 가진 채로는 이끌어 주지 않지."

어르신은 조용히 내 눈을 바라보며 덧붙였다.
"자기 암시는 뇌에 직접 메시지를 전달하는 강력한 방법이지.
자네가 경제적 자유를 꿈꾸며 확언과 상상을 반복한다면, 뇌는 그것을 실현하기 위한 행동을 자연스럽게 형성하도록 도울 걸세."

나는 생각에 잠겼다.
상상과 확언이 잠재의식을 변화시키고, 그 변화가 결국 외적인 결과로 나타날 수도 있다는 사실이 점점 더 명확해졌다.

나는 조심스럽게 물었다.
"그렇다면, 지금까지 제가 해온 확언과 상상도 정말 저에게 영향을 미쳤을까요?"

어르신은 미소를 지으며 단호하게 말했다.
"당연하지.

이미 자네는 그것을 통해 성장하고 있네.

눈에 보이지 않는 변화라고 해서 의미 없는 일은 아니지.

조급해하지 말고 계속 확언과 상상을 이어가게.

자네가 확신하는 만큼 원하는 목표는 더욱 현실로 다가올 걸세.

성장은 언제나 보이지 않는 곳에서 먼저 시작되는 법일세."

그의 말은 내게 다시금 큰 힘이 되었다.

설계도에 대한 확신이 더욱 단단해졌고, 내 뇌와 잠재의식을 활용해 성공으로 나아가는 방법이 점점 더 선명해졌다.

독자들에게 전하는 메시지

당신은 지금 어떤 변화를 꿈꾸고 있나요?

혹시 내면은 성장했지만, 외적으로 보이는 변화가 없어 답답한 기분이 들지는 않나요?

당신이 지금 하고 있는 노력과 성장은 결코 헛되지 않습니다.

눈에 보이지 않는 변화가 쌓이면, 결국 외부에서도 나타나게 되어 있습니다.
혹시 '내가 제대로 가고 있는 걸까?'라는 의문이 들 때마다 스스로에게 질문해 보세요.
"만약 내가 끝까지 포기하지 않는다면, 어떤 미래가 펼쳐질까?"
지금 하는 작은 노력이 당신이 원하는 삶으로 가는 가장 확실한 길입니다.
성장은 언제나 보이지 않는 곳에서 시작됩니다.
믿고 나아가세요. 당신의 설계도는 점점 현실이 되어 가고 있습니다.
당신의 모든 성장은 이미 그 자체로 의미 있고, 가치 있는 여정입니다.

Darren Hardy (대런 하디)

"작은 변화들은 결국 큰 결과를 가져온다.
매일 조금씩 더 나아지는 것이 성공의 비결이다."

Alexander Graham Bell (알렉산더 그레이엄 벨)

"뿌리가 튼튼하지 않으면
나무는 무너지기 마련이다.
성장의 기초는 보이지 않는 곳에서 다져진다."

Helen Keller (헬렌 켈러)

"씨앗이 땅속에서 발아하듯,
진정한 성장은 보이지 않는 곳에서 시작된다."

Chapter 13:

‘뇌를 깨워라! 질문이 답을 부른다’

스스로에게 답을 찾게 하는 질문의 힘

어르신은 나를 바라보며 조용히 입을 열었다.

그 목소리에는 강한 확신이 묻어 있었다.

"자네가 그동안 실천했던 확언과 상상은 뇌에 씨앗을 심는 과정이었지.

하지만 이제는 한 발짝 더 나아가야 할 때라네.

그 씨앗이 현실에서 자라도록, 자네는 이제 뇌와 진정으로 소통할 준비를 해야 해."

나는 의아한 표정을 지으며 되물었다.

"뇌와 대화한다고요?"

어르신은 내 표정을 읽으며 차분하게 설명을 덧붙였다.

"자네가 이루고 싶은 목표가 있을 테지?

원하는 금액, 원하는 시점, 혹은 바라는 삶에 모습 말일세.

그것을 막연히 바라기만 하지 말고, 마치 이미 손에 쥔 것처럼 확신하며 매일 되뇌어보게.

숫자와 시점을 정하고, 이미 내 것이 된 것처럼 확신하며 외치는 거야."

어르신은 잠시 나를 바라보더니 설명을 이어갔다.

"자네가 그 목표를 깊이 믿고 되뇌기 시작하면, 어느 순간 뇌가 자네에게 질문하기 시작할 걸세."

나는 흥미로워졌다.

"질문이요? 제 뇌가 저한테 무슨 질문을 하게 된다는 건가요?"

어르신은 미소를 지었다.

"뇌가 이렇게 물을 거라네.

'어떻게 이 목표를 이룰 수 있을까?'라고 말이지.

자네가 목표를 분명하게 정하고 온전히 믿기 시작하면, 뇌는 가만히 있을 수 없게 돼.

오래된 기계가 깨어나듯, 자네가 설정한 목표를 이루기 위한 방법을 찾기 시작하는 거야."

나는 그 말에 점점 빠져들었다.

목표를 구체적으로 확신하면, 어느 순간 뇌가 스스로 방법을 고민하고 답을 찾으려 한다는 말이었다.

어르신은 내 시선을 붙잡고 덧붙였다.

"그때 중요한 건, 뇌가 하는 질문을 흘려보내지 않는 거야.

뇌가 '어떻게?'라고 물을 때, 적극적으로 답을 찾고 움직이는 자세가 필요하지.

그 질문에 답하기 위해 자료를 찾고, 새로운 도전을 시도하고, 관련된 사람들을 만나 보게.

그 과정을 반복하면 점점 더 목표가 뚜렷해질 걸세."

어르신의 말이 점점 더 선명하게 다가왔다.

목표를 명확하게 설정하고 그것을 믿는다면, 결국 뇌가 그 길을 찾으려 스스로 움직이게 된다는 사실이 신기했다.

어르신은 나를 바라보며 마지막 조언을 건넸다.

"이 과정에서 가장 중요한 건, 뇌와 끊임없이 소통하는 자세라네.

이 행동이 반복되면, 어느 순간 자네의 뇌는 의심을 거두고 목표를 현실로 만들기 위한 길을 자연스럽게 열어줄 걸세."

나는 가만히 고개를 끄덕이며, 깊은 깨달음을 얻었다는 사실을 깨달았다.

목표를 단순히 상상하고 반복하는 일이 아니라, 이제는 뇌와 적극적으로 대화하며 질문에 답해 나가야 한다는 새로운 통찰이 마음속에 깊이 새겨졌다.

독자들에게 전하는 메시지

당신이 꿈꾸는 목표를 이루기 위해 지금 어떤 질문을 던지고 있나요?
혹시 단순히 '언젠가는'이라는 막연한 기대 속에 머물러 있지는 않나요?
아니면 '왜 아직도 이루어지지 않았을까?'라는 의문에 사로잡혀 있나요?
진정한 변화는 질문을 바꾸는 순간 시작됩니다.
'언제?', '어떻게?', '왜?'가 아니라 '무엇이 할 일인가?'라는 질문을 스스로에게 던져 보세요.

당신의 뇌가 '어떻게?'라는 질문을 반복할 때, 그것은 단순한 생각이 아니라 뇌가 답을 찾기 위해 움직이기 시작했다는 신호입니다.
이제 중요한 일은 그 질문에 적극적으로 답을 찾아가는 과정입니다.
새로운 기회를 탐색하고, 필요한 지식을 습득하며, 한 걸음씩 실천하세요.
그 과정 속에서 당신의 뇌는 점점 명확한 길을 보여주고, 당신은 자연스럽게 목표를 향해 나아가게 됩니다.
목표는 단순한 희망이 아니라, 확신을 통해 현실이 됩니다.
믿고 행동하는 순간, 변화는 이미 시작됩니다.
오늘부터 당신의 뇌와 소통을 시작하세요.
그리고 매일 스스로에게 질문하세요.
'내가 원하는 목표를 이루기 위해 오늘 어떤 행동을 할 계획인가?'

Simon Sinek (사이먼 시넥)

"질문이 없다면, 변화도 없다. 스스로에게 질문을 던지고, 그 답을 행동으로 만들어라."

Tony Robbins (토니 로빈스)

"삶은 우리가 스스로에게 던지는 질문의 질에 따라 달라진다."

Ralph Waldo Emerson (랄프 왈도 에머슨)

"자신과 대화할 줄 아는 사람만이 자신의 길을 찾을 수 있다."

Chapter 14:

‘세상에 지쳤는가? 단 하나의 방법만이 답이다 (1%의 비밀)’

세상 속에서
흔들리지 않는 나를 찾다

나는 어르신 조언을 따라 계속 성장하고 있었다.

하지만 마음 한편에는 답답함과 불편함이 자리 잡고 있었다.

늘 같은 시간에 사우나를 찾았고, 어르신은 여전히 잔잔한 미소를 띤 채 익숙한 자리에서 나를 기다리고 있었다.

오랜만에 마주한 그를 보자, 쌓여 있던 감정들이 한꺼번에 터져 나왔다.

"어르신, 요즘 너무 힘들어요. 뭔가 계속 잘못된 방향으로 가고 있어요."

어르신은 놀라는 기색 없이 조용히 고개를 끄덕였다.

"무슨 일이 있었나? 자네가 이렇게까지 속내를 털어놓는 일이 드문데."

나는 잠시 머뭇거리다 결국 속마음을 꺼냈다.

"그동안 말씀하신 대로 긍정적인 태도로 살아보려 노력했어요.

책도 읽고, 의식을 바꾸려고 애썼고, 희생을 감수하며 남에게 피해 주지 않으려 애썼어요.

하지만 세상은 전혀 변하지 않았어요."

어르신은 내 말을 묵묵히 듣고 있었다.

나는 감정이 북받친 채 말을 이었다.

"어딜 가나 규칙을 무시하고 자기 편한 대로 사는 사람들이 너무 많아요.

사우나에서도 기본적인 규칙을 어기고, 도로에서는 교통법규를 무시하는 사람들이 넘쳐나죠.

길거리에는 쓰레기가 가득하고, 남을 배려하지 않는 행동이 너무 흔합니다.

저는 다르게 살려고 노력하는데, 왜 이런 모습들만 더 자주 보이는 걸까요?"

어르신은 여전히 조용히 나를 바라보았다.

나는 깊은 한숨을 쉬며 말했다.

"결국, 제가 아무리 노력해도 세상은 바뀌지 않는다는 사실이 더 스트레스로 다가와요.

경찰로서 매일 부정적인 환경을 접하다 보니 더 그렇게 느끼는 걸 수도 있지만..

저는 더 나은 사람이 되려고 했는데, 세상은 여전히 부정적으로 보일 뿐입니다."

어르신은 잠시 침묵을 지키더니 천천히 입을 열었다.

"자네가 느끼는 감정, 충분히 이해하네.

더 나아지려고 노력할수록 세상이 더 엉망으로 보인다는 느낌이 드는 감정은, 사실 자네가 성장했다는 증거일세."

나는 그 말뜻을 이해하지 못한 채 멍하니 바라보았다.

"자네가 의식을 확장하면서, 이전에는 보이지 않던 세상 부조리가 더욱 선명하게 드러나기 시작한 거야.

세상을 더 좋은 곳으로 보고 싶지만, 현실은 그대로이기에 더 크게 다가오는 일이지.

하지만 그 지점에서 멈춰서는 안 되네."

어르신은 잠시 말을 멈추고 내 반응을 살폈다.

그리고 중요한 조언을 덧붙였다.

"세상이 자네 뜻대로 바뀌지 않는다 해도, 자네가 조절할 수 있는 영역은 바로 자기 자신이야.

다른 사람을 바꿀 수 없지만, 자네 자신에 대한 반응은 선택할 수 있지.

세상이 부정적인 모습을 보여주더라도, 그것에 매몰되면 결국 자네도 그 부정 속에 갇히고 말지."

나는 고개를 끄덕였다.

"한 가지 제안을 하겠네.

세상이 가진 부조리한 모습을 볼 때마다, 그것에서 멈추지 말고 '나는 어떻게 다르게 행동할 것인가?'라는 질문을 던져 보게.

세상에 집중할수록 자네 에너지는 흩어지지만, 자기 자신에게 집중하면 삶은 더욱 단단해질 걸세."

그 말이 내 마음을 조금씩 편안하게 만들었다.

어르신은 조용히 덧붙였다.

"자네, 인과응보라는 말을 아는가?"

나는 고개를 끄덕였다.

"대충은요. 누군가 나쁜 행동을 하면 결국 대가를 치른다는 의미 아닌가요?"

어르신은 미소를 지으며 말했다.

"맞네. 하지만 인과응보는 단순한 도덕적 교훈이 아니라는 걸 아는가?

모든 행동에는 결과가 따라오네.

부정적인 행동은 결국 그 사람 삶에 반영되고, 긍정적인 행동도 마찬가지라네."

나는 그 말을 곱씹으며 물었다.

"그렇다면, 지금 제가 말한 그런 사람들… 규칙을 어기고 남을 불편하게 하는 행동을 하는 사람들도 결국엔 대가를 치르게 된다는 뜻인가요?"

어르신은 고개를 끄덕였다.

"그렇지. 하지만 그 결과가 자네 눈앞에서 바로 나타나지는 않을 수도 있네.

마치 씨앗을 심고 시간이 지나야 열매를 볼 수 있는 일처럼 말일세."

그는 사우나 안에서 피어오르는 수증기를 바라보며 말했다.

"누군가는 순간적인 편리를 위해 남을 불편하게 만들지만, 그 과정에서 신뢰를 잃고 결국에는 고립되지.

그 부정적인 에너지는 그들 삶에 계속 영향을 미치며, 예상치 못한 방식으로 돌아오게 마련이지."

"반대로, 자네처럼 원칙을 지키고 선한 영향을 주려는 사람은 그 결과가 자네 삶으로 돌아오게 된다네.

물론, 그것도 즉시 나타나진 않겠지만 자네가 세상에 뿌린 씨앗은 결국 좋은 열매를 맺을 걸세."

나는 어르신 말을 듣고, 가슴이 조금씩 가벼워진다는 느낌을 받았다.

어르신은 미소를 지으며 덧붙였다.

"그리고 한 가지 더. 용서란 남을 위해 하는 게 아니라, 자네 자신을 위해 하는 거야.

용서하지 않고 계속 미워하면, 결국 자네 마음속 부정

적인 감정이 쌓여 자네를 갉아먹게 된다네."

나는 응어리졌던 감정이 조금씩 풀리는 느낌을 받았다.
"그럼 저는 그저 제가 할 수 있는 최선을 다하며 제 삶에 집중하면 되는 건가요?"

어르신은 환하게 웃으며 말했다.
"맞네. 자네가 자기 삶에 집중하고, 남에게 선한 영향을 주는 데 에너지를 쓴다면, 삶은 더 밝고 단단해질 걸세.
그리고 결국 자네가 바라던 길을 걷게 될 날이 올 거야."

세상이 내 뜻대로 바뀌지 않더라도, 내 선택과 방향은 온전히 내 몫이라는 사실이 한결 가볍게 느껴졌다.

"그리고 마지막으로 기억하라고 하겠네."
어르신은 미소를 지으며 말했다.
"자네가 긍정적으로 살아가는 이유는 남 때문이 아니라 자네 자신을 위해서라는 걸 잊지 말게."
그날, 나는 어르신 조언을 가슴 깊이 새기며 내가 바꿀 수 없는 세상 대신 내가 선택할 수 있는 내 삶에 집중하기로 결심했다.

당신에게는 나와 같은 특별한 장소나 공간이 있는가요?

사우나는 언제나 나에게 특별한 공간이었다.

그곳은 단순히 몸을 씻고 피로를 푸는 장소가 아니었다.

사우나는 나에게 세상에 소음과 혼란을 잠시 내려놓고, 오롯이 나 자신과 마주할 수 있는 안식처였다.

그곳에서 만난 어르신은 단순히 내 고민을 들어주는 존재가 아니었다.

그는 내가 갈림길에 설 때마다 길을 비춰주는 등불 같은 사람이다.

내가 내뱉는 하소연 속에서 그는 언제나 본질을 꿰뚫어 보았다.

단순한 위로나 동정이 아니라, 내가 미처 보지 못한 나 자신을 일깨워 주었고, 때로는 애써 외면하던 진실을 부드럽게 들춰냈다.

어르신 말은 단순한 조언이 아니었다.

마치 내 안에 이미 존재하고 있었지만, 스스로 찾지 못했던 해답을 끌어내는 마법 같았다.

사우나 뜨거운 열기 속에서 그의 한마디는 내 마음을 차갑게 얼어붙게 하던 걱정과 혼란을 녹여 주었다.

짧은 대화 속에서 나는 내가 가진 문제에 대한 본질을 마주하게 되었고, 그의 말 한마디는 오랫동안 내 마음을 움직였다.

그는 단순한 어르신이 아니었다.

내 삶을 정리하고, 다음을 향해 나아갈 용기를 주는 나만의 멘토였다.

사우나에서 나눈 대화는 마치 세상 모든 소음이 멈추고, 오직 내 안에 진실과 직면하게 만드는 순간이었다.

하지만 생각해 보면,

사우나가 아니더라도 누구에게나 이런 공간이 있지 않을까?

바쁜 일상에서 벗어나 스스로와 대화할 수 있는 조용한 장소, 온전히 나에게 집중할 수 있는 공간 말이다.

누군가에게는 조용한 카페가, 또 누군가에게는 새벽 공원 벤치가, 혹은 오래된 서점이 그런 역할을 해줄지도 모른다.

우리에게는 누구나 자신만의 안식처가 필요하다.

어디든 상관없다. 중요한 사실은 그곳에서 스스로와 마주할 수 있는가이다.

그곳에서 우리는 세상 소란을 잠시 내려놓고, 다시 나아갈 힘을 얻는다.

나에게 사우나가 그러하듯, 당신에게도 그런 공간이 있기를 바란다.

독자들에게 전하는 메시지

당신은 세상에 부조리와 불합리함을 마주할 때 어떤 감정을 느끼나요?

혹시 '나는 바르게 살려고 노력하는데, 왜 세상은 그대로일까?'라는 생각에 답답했던 적이 있나요?

우리는 세상을 바꿀 수 없을지도 모릅니다.

하지만 우리 반응과 태도는 선택할 수 있습니다.

세상이 가지는 부정적인 모습에 집중할수록 불만과 실망만 커질 뿐이지만, '나는 어떻게 다르게 살아갈 것인가?'라고 스스로에게 묻는 순간, 당신은 변화의 시작점에 서게 됩니다.

남을 바꾸려 하기보다 나 자신을 단단하게 세우는 데 집중하세요.

당신이 하는 선택과 태도가 곧 당신 삶을 결정합니다.

그리고 잊지 마세요.

긍정적으로 살아가는 이유는 남이 아니라 바로 나 자신을 위한 일입니다.

그것만으로도 당신 삶은 충분히 의미 있고 가치 있습니다.

작은 선택이 모여 큰 변화를 만듭니다.

세상이 변하지 않아도, 당신은 당신 방식으로 새로운 길을 만들어 갈 수 있습니다.
그 길은 바로 당신이 하는 선택에 달려 있습니다.
오늘, 당신은 어떤 선택을 하겠습니까?

Louise Hay (루이스 헤이)
"다른 사람의 어둠이 당신의 빛을 가리지 못하도록 하세요."

Epictetus (에픽테토스)
"우리가 통제할 수 없는 것들에 에너지를 낭비하지 마세요.
자신이 통제할 수 있는 것에 집중하세요."

Jimmy Dean (지미 딘)
"바람의 방향을 조절할 수는 없지만 돛은 조절할 수 있습니다."

Chapter 15:

‘내면이 행동을 폭발시킨다!’

내 안에서 시작된 변화가 세상에 나아가다

나는 내면 성장을 거듭하며 점점 단단해지고 있었다.

궁정적인 사고방식과 꾸준한 습관이 쌓이며, 스스로 한 단계 성숙해졌다고 느꼈다.

하지만, 마음속에서는 또 다른 질문이 떠올랐다.

'내면 변화만으로 삶이 바뀔 수 있을까?'

진짜 변화를 만들려면 행동해야 했다.

생각만으로는 부족했다.

실질적인 변화를 이끌어내려면 직접 움직여야 했다.

경찰관이라는 직업은 안정적이지만, 동시에 많은 제약이 따랐다.

교대 근무로 하루가 빠듯했고, 주말에도 근무 일정에 따라 시간을 내기 어려웠다.

그렇기에 내가 선택한 길은 부동산 투자였다.

부동산에 관심을 갖게 된 계기는 부모님 영향이 컸다.

어릴 때부터 부모님이 꾸준히 소규모로 투자를 해오셨고, 나는 자연스럽게 그 과정을 지켜보며 흥미를 가지게 되었다.

하지만, 나는 부모님과는 조금 다른 방향을 선택했다.

단순한 소유를 넘어, 경매와 공매를 활용한 전략적인 접근을 하기로 했다.

나는 관련 서적을 닥치는 대로 읽었고, 전문가들 강의를 찾아 들었다.

직접 발로 뛰며 현장을 확인했고, 법원에 가서 입찰 과정을 익히며 실질적인 경험을 쌓기 위해 노력했다.

하나씩 실천해 나가다 보니, 단순한 재테크 수단을 넘어, 이 길이 내가 즐길 수 있는 영역이라는 확신이 들기 시작했다.

물론 아직 큰 성과는 없었다. 하지만 포기할 생각도 없었다.

배우고 경험하며 조금씩 성장하는 과정이 즐거웠고, 그 길을 걸어가고 있다는 사실만으로도 가슴이 뛰었다.

사우나에서 다시 만난 어르신은 언제나처럼 잔잔한 미소를 지으며 나를 바라보았다.

나는 먼저 입을 열었다.
"어르신, 저 정말 열심히 노력했어요.
이번에는 단순히 내면 변화뿐만 아니라, 실제로 삶을 바꾸기 위해 직접 움직였어요."

그는 조용히 고개를 끄덕이며 내 말을 기다렸다.

나는 숨을 고르고 이야기를 이어갔다.
"경찰관이라는 직업이 주는 제약이 많아서 새로운 도전을 하는 게 쉽지 않았어요.
하지만 그 안에서도 제가 할 수 있는 길을 찾아보려고 했어요.
그래서 선택한 일이 부동산 투자였어요."

어르신은 흥미롭다는 듯 고개를 끄덕였다.

나는 그간에 과정을 솔직하게 털어놓았다.
"부동산 경매와 공매 관련 책을 읽고, 강의를 들으며

공부했어요.

법률 용어를 익히고, 사례를 정리하며, 틈날 때마다 현장을 직접 방문했어요.

실제로 법원에 가서 입찰 과정도 경험했죠.

이렇게 배우며 조금씩 제 길을 만들어가고 있었어요."

나는 잠시 말을 멈추었다.

어르신은 여전히 묵묵히 내 말을 듣고 있었다.

그 반응이 나를 안심시켰다.

"사실, 부동산 투자에 관심을 가진 이유 중 하나는 부모님 영향이 있었어요.

어릴 때부터 부모님이 작은 규모로 투자를 하셨거든요.

그 모습을 보며 자연스럽게 관심이 생겼던 것 같아요.

그래서 저도 도전 해보기로 했어요.

아직 큰 성과는 없지만, 꾸준히 배우고 실천하고 있어요."

어르신은 잠시 눈을 감았다가 입을 열었다.

"부동산 투자를 시작했다니, 흥미로운 선택일세.

자네는 그 과정에서 무엇을 느꼈나?"

나는 고민하다가 솔직하게 말했다.

"재미있기도 하고, 두렵기도 해요.

조금씩 배워가면서 이 길이 가능하다고 느끼지만, 실패에 대한 걱정도 있죠.

그리고 솔직히… 이 길이 정말 옳은 선택인지 확신이 서지 않을 때도 있어요."

어르신은 조용히 웃으며 말했다.

"모든 투자가 그렇지.

부동산이든, 주식이든, 결국 중요한 건 자네가 가진 자원을 어디에 심느냐는 거네.

하지만 부동산 투자란 단순히 돈을 벌기 위한 수단이 아니라, 부자들 삶의 방식과 사고방식을 들여다볼 수 있는 창이기도 하네."

나는 그의 말에 귀를 기울였다.

그는 부동산을 바라보는 새로운 관점을 제시하고 있었다.

"부자들은 부동산을 단순한 재산으로 보지 않아.

그들에게 그것은 시간과 에너지를 가장 효율적으로 관리할 수 있는 도구지.

부동산은 단순한 건물이 아니라, 그 안에 사람들 삶이 담겨 있고, 그 위에서 세상이 움직인다네.
이 흐름을 이해하면 부동산은 단순한 투자가 아니라, 하나의 철학이 될 수 있지."

"그리고 자네가 해야 할 일은 단순히 좋은 물건을 고르는 게 아니야.
자네가 투자한 공간이 어떤 가치를 만들고, 누군가에게 어떤 영향을 줄 것인가를 고민해야 해.
부자들이 부동산을 통해 부를 쌓는 이유는 그 흐름을 읽고 키워가기 때문이라네."

어르신 말은 마치 나에게 새로운 시각을 열어주는 듯했다.
"투자는 결국 시간과 가치를 키우는 일이야.
단순히 돈을 좇는 것이 아니라, 자네만이 가지는 철학과 원칙을 세우는 과정이지."

나는 고개를 끄덕이며 그 말을 깊이 새겼다.
지금까지 나는 부동산을 단순한 성공하는 도구로만 생각했다.

하지만 이제는 그것이 내 삶에 철학과 연결될 수 있음을 깨닫게 되었다.

그날 사우나를 나서며 나는 또 하나, 결심을 했다.

단순히 성공을 목표로 하는 일이 아니라, 부동산을 통해 내 가치를 어떻게 키워갈지를 고민하며 나아가기로.

그 과정 속에서 나는 더 깊이 배우고 성장함이 분명했다.

독자들에게 전하는 메시지

당신은 지금 어떤 목표를 향해 나아가고 있나요?

그 목표는 단순히 돈을 벌거나 성취를 이루는 일에 머물러 있지는 않나요?

우리는 종종 성공을 숫자로 판단하지만, 진정한 성공은 우리가 만들어가는 과정 속에 있습니다.

자신만이 가질 수 있는 철학과 원칙을 세우고, 그것을 지켜나가는 과정에서 우리는 더 단단해지고 성장합니다.

당신이 도전하는 일이 단순한 결과를 위한 수단이 아니라, 더 큰 가치와 의미를 만들어가는 과정이 되도록 해보세요.

투자는 단순한 자산 증식이 아니라, 당신이 세상에 어떤 영향을 미칠 수 있는지 고민하는 행위입니다.
가치를 발견하고, 시간을 내 편으로 만드는 과정 속에서 우리는 새로운 배움을 얻고 더 넓은 시야를 갖게 됩니다.
혹시 지금 '이 길이 맞을까?'라는 고민을 하고 있나요?
그렇다면 자신에게 질문해 보세요.
'이 과정에서 나는 무엇을 배우고 있는가?'
'이 길을 걸으며 나는 어떤 사람으로 성장하고 있는가?'
작은 시작이든 큰 도전이든, 그 안에서 당신만의 의미를 찾는다면, 그 자체로 이미 성공입니다.
당신은 자신의 길을 만들고 있고, 그 길은 결국 더 큰 가치를 세상에 전합니다.
그러니 흔들리지 말고 자신의 방향을 계속 걸어가세요.
당신의 모든 성장은 이미 그 자체로 의미 있고, 가치 있는 여정입니다.

John Pierpont Morgan (존 피어폰트 모건)

"어딘가에 도달하기 위한 첫 번째 단계는
지금 있는 곳에 머물지 않겠다고 결정하는 것입니다."

Helen Keller (헬렌 켈러)

"작은 불씨가 큰 불을 일으키듯, 당신의 작은
도전이 세상에 큰 변화를 만들 수 있습니다."

Mother Teresa (마더 테레사)

"당신이 가진 것이 적더라도, 그 안에서 당신만의
가치를 발견하면 세상을 바꿀 힘이 생깁니다."

Chapter 16:
'도전 없는 인생? 미련만 남을 뿐이다!'

새로운 도전은
또 다른 가능성이다

나는 근무를 마친 뒤 남은 시간마다 부동산 공부에 몰두했다.

책을 읽고, 강의를 듣고, 직접 현장을 방문하며 몇 차례 법원 입찰까지 경험했다.

그러던 중 마음에 꼭 드는 물건을 발견했고, 설렘과 기대를 안고 입찰에 참여했다.

사전에 철저히 조사했고, 시세 대비 좋은 조건이라 자신이 있었다.

하지만 결과는 2등. 단 50만 원 차이로 낙찰을 놓쳤다.

아쉬웠지만 좌절하지 않았다.

"그래, 조금만 더 치밀하게 준비하면 다음에는 내가 승리할 거야."

그리고 몇 번에 도전 끝에 마침내 낙찰을 받았다.

내 이름이 낙찰자로 호명되던 순간, 말로 표현할 수 없는 기쁨과 안도감이 밀려왔다.

"드디어 해냈다. 이게 성공 시작이겠지."

하지만 현실은 예상과 달랐다.

낙찰받은 주택을 직접 확인하러 간 순간, 눈앞에 펼쳐진 광경에 충격을 받았다.

외관은 익숙했지만, 문을 열고 들어서자 곰팡이가 벽과 천장을 덮고 있었고, 바닥은 쓰레기 더미로 가득했다.

주방과 화장실은 기능을 잃은 지 오래였고, 모든 공간이 심각한 상태였다.

'이걸 어떻게 복구하지? 예상보다 훨씬 많은 비용이 들겠는데?'

그날 밤, 머릿속이 복잡했다.

기대했던 수익과는 거리가 멀어 보였고, 후회와 낙심이 스며들었다.

하지만 포기하고 싶지 않았다.

'한 번 더. 한 걸음 더 나아가 보자.'

리모델링 계획을 세우고, 전문가 도움을 받아 하나씩 해결해 나갔다.

그 과정에서 더 큰 가능성을 발견했다.

위치가 좋고, 개발 소식이 들려와 단순한 복구가 아닌 더 큰 그림을 그릴 수 있을 것 같았다.

과감하게 건물을 허물고 새로운 설계를 시작했다.

하지만 현실은 또다시 장벽을 세웠다.

건축 비용과 추가적인 투자금이 예상보다 컸고, 결국 기대했던 현금 흐름은 만들어지지 않았다.

그때 깨달았다.

'이건 단거리 경주가 아니라 마라톤이구나.

부동산 투자는 한 번에 성공으로 끝나는 일이 아니라, 평생 지속해야 할 여정이구나.'

즉각적인 결과에 집착하지 않고, 장기적인 안목을 가지기로 결심했다.

그러던 중, 서점에서 우연히 '브랜딩'이라는 개념을 접했다.

'내가 배운 긍정적인 사고와 행동을 사람들과 공유할 수 있다면 어떨까?

나처럼 더 나은 삶을 꿈꾸는 사람들이 이 메시지로 힘을 얻는다면?'

그 생각이 나를 사로잡았다.

너무 많은 사람들이 하고 싶은 일을 미루며 살아간다.

"돈이 없어서 못 해."

"시간이 없어서 안 돼."

"아기 때문에 힘들어."

"주변에서 반대하니까 포기해야지."

"부지런하지 않아서 못 해."

핑계들이 꿈을 억누르고, 가능성을 가로막는 현실을 보면서 간절한 마음이 들었다.

'만약'에라는 긍정적인 힘을 더 많은 사람들에게 전하고 싶었다.

나는 이 이야기를 사우나에서 어르신께 털어놓았다.

어르신은 조용히 들으며 고개를 끄덕였다.

잠시 생각에 잠긴 듯하다가 따뜻한 미소를 지으며 말했다.

"자네, 정말 대단하군.

사람들은 스스로 깨달음을 얻더라도 혼자 품고 끝내기 마련이지.

하지만 자네는 그 깨달음을 나누려 하고 있지않나. 그건 정말 귀한 마음일세."

나는 그 칭찬에 얼굴이 뜨거워졌다.

어르신은 한층 더 진지한 목소리로 말을 이었다.

"세상에는 스스로에게 핑계를 대며 가능성을 막는 사람들이 많다네.

하지만 자네가 '만약'에라는 긍정적인 시작을 전해준다면, 많은 이들이 용기를 얻고 한 걸음을 내디딜 걸세.

자네가 지금 품고 있는 이 열정과 생각, 그리고 행동이야말로 세상에 꼭 필요한 메시지라네."

나는 그에 말을 들으며 마음이 뜨거워졌다.

내 열정을 인정받은 기쁨과 함께 내가 해야 할 일이

더 명확해지는 순간이었다.

어르신은 미소를 지으며 덧붙였다.

"자네, 시작하게나.

자네가 가진 긍정에 힘을 더 많은 사람들과 나누는 일이야말로, 자네 자신에게도 그리고 세상에도 큰 선물이 될 걸세.

작은 한 걸음부터 시작해서, 자네가 가진 메시지를 세상에 퍼뜨려 보게나."

그의 말에 확신과 용기를 얻었다.

이제 나는 내가 가진 긍정 메시지를 세상에 전할 방법을 고민하기 시작했다.

이 작은 시작이 어쩌면 나만의 '만약'에를 또 하나의 현실로 만드는 길이 될지도 모른다는 생각이 들었다.

어르신은 내가 열정을 뿜는 모습을 지긋이 보더니, 이야기를 하나 들려주었다.

"어느 날 한 사람이 내게 묻더군.

'어르신, 해도 되고 안 해도 되는 일이 있는데, 해도

후회할 것 같고, 하지 않아도 후회할 것 같다면 어찌해야 할까요?'

그래서 내가 이렇게 답했지.
'그럴 땐 해야지.'

그 사람이 다시 묻더군.
'왜요? 어차피 둘 다 후회할 텐데.'

내가 말했네.
'왜냐하면, 하고 나서 하는 후회는 앞으로 나아가게 하지만, 하지 않고 하는 후회는 계속 뒤를 돌아보게 만드니까.'"

나는 그 말에 깊이 공감했다.
하고 나서 하는 후회는 배움이 된다.
하지만 하지 않고 하는 후회는 미련만 남는다.

시작하는 힘이란 바로 그것이었다.
결과가 아니라, 한 걸음을 내딛는 것만으로도 우리는 더 나은 길 위에 서게 된다.

어르신은 흐뭇한 표정으로 말했다.
"자네는 이미 성공하고 있다네.
성공에 대해 다시 한번 생각해 보게."

어르신은 잠시 뜸을 들이며 차분히 말을 이었다.
"성공이란 꼭 목표를 달성해야만 이루는 일이 아니라네.
우리가 목표를 이루면, 그 순간엔 기쁠지 몰라도 곧 또 다른 목표를 꿈꾸기 마련이지.
그러니 성공은 어떤 결과를 얻는 일이 아니라, 무언가를 시작하고 그 과정 속에서 부딪히는 일 자체가 성공이라네.
자신을 믿고, 사랑하며, 도전하는 그 모든 과정이 자네가 이미 성공하고 있다는 증거일세."

어르신 마지막 말이 가슴 깊이 울려 퍼졌다.

성공은 결과물이 아니라, 과정 그 자체였다.
나는 이미 많은 일을 이루고 있었다.
그것은 내가 새로운 도전을 시작했고, 스스로를 더 사랑하게 되면서 얻은 성취였다.

"자네, 내가 예를 들어보겠네."

어르신은 고개를 살짝 갸웃하며 이야기를 시작했다.
나는 조용히 그의 말을 기다렸다.

"어떤 사람이 오랫동안 캠핑을 꿈꿔 왔다네.
자연 속에서 여유를 만끽하고, 일상의 스트레스를 내려놓을 수 있는 캠핑 말일세.
그런데 막상 실행에 옮기려 하니 고민이 많더군.

'캠핑 장비가 너무 비싼 건 아닐까? 내가 그렇게 부지런한 편도 아닌데, 짐을 챙기고 설치하고 정리하는 과정이 번거롭진 않을까?' 이런저런 이유로 몇 년을 미루었다네."

나는 고개를 끄덕이며 그 말에 공감했다. 나도 비슷한 경험이 있었다.

"하지만 어느 날, 그는 큰 결심을 했다네.
'한 번 해보자. 내가 그렇게 꿈꾸던 캠핑이잖아.'
그렇게 장비를 사고, 캠핑장으로 떠나 자연 속에서

하룻밤을 보내기 시작했지.

처음엔 기대와 설렘이 가득했네.

하지만 현실은 어땠을 것 같나?"

나는 고개를 저으며 대답했다.

"쉽지 않았겠죠?"

어르신은 미소를 지으며 이야기를 이어갔다.

"맞아. 막상 해보니 생각보다 돈도 많이 들고, 장비를 챙기고 설치하는 데도 시간이 오래 걸렸네.

여름엔 벌레가 너무 많아 제대로 쉬지도 못했고, 겨울엔 추위에 손발이 얼어붙었지.

육체적으로도 힘들었고, 결국 그는 캠핑을 포기하기로 결심했다네."

나는 그 말을 듣고 씁쓸한 미소를 지었다.

마치 실패한 일처럼 들렸다.

하지만 어르신은 고개를 저으며 나를 바라보았다.

"자네, 그걸 실패라고 생각하나? 나는 그렇게 보지 않네."

"왜요? 결국 포기한 거잖아요."

어르신은 천천히 말을 이었다.

"그가 캠핑을 접기로 한 이유는, 직접 경험해 보니 자신과 맞지 않는다는 걸 알았기 때문이네.

이제 그는 더 이상 '캠핑을 해볼 걸 그랬나?' 하고 아쉬워하지 않는다네.

그 미련이 사라지니, 새로운 관심사를 찾을 수 있는 여유가 생긴 거지.

바로 그 점이 앞으로 나아가게 하는 성공이라네."

나는 순간 '띵~' 하며 망치로 한 대 맞은 듯한 기분에 휩싸였다.

실패처럼 보였던 일이, 사실은 더 나아가기 위한 과정이었다는 사실이 명확하게 와 닿았다.

"결국 인생이란 이런 과정에 연속이지 않겠나? 결정을 내리고, 움직이고, 경험을 통해 스스로를 더 깊이 알아가는 일.

그리고 그 과정 속에서 얻은 깨달음으로 새로운 길을 찾아가는 것 말일세.

그래서 나는 항상 말하지. 움직이는 순간부터 이미 성공하고 있다고."

어르신 이야기는 단순한 예시를 넘어, 지금까지 살아온 내 여정을 돌아보게 했다.

지금까지 내가 내린 모든 결정과 행동들이 결국 나를 더 나은 방향으로 이끌어 왔다는 걸 깨달았다.

그 순간, 어떤 도전을 하든 그 경험 자체가 나를 성장하게 한다는 확신이 들었다.

독자들에게 전하는 메시지

지금 당신이 꿈꾸고 있는 일이 있나요?

하지만 망설이며 '지금이 적절한 시기일까?', '실패하면 어쩌지?'라는 걱정에 머물러 있지는 않나요?

우리는 종종 '완벽한 순간'을 기다리지만, 완벽한 타이밍이란 없습니다.

성공은 결과가 아니라, 스스로 결정하고 한 걸음을 내딛는 그 순간부터 시작됩니다.

무언가를 시도해 본 경험이 있나요? 그 도전이 예상만큼 순탄하지 않았던 적도 있었겠지요.

그렇다면 다시 생각해 보세요.

그 경험이 헛된 경험이었을까요? 아니면 스스로를 더 잘 이해하는 계기가 되었을까요?

어떤 길이든 직접 걸어봐야만 알 수 있습니다.

그리고 그 경험 자체가 우리를 성장하게 만듭니다.

후회는 하고 나서 앞으로 나아가게 하지만, 하지 않은 후회는 과거에 머물게 합니다.

지금 당신이 망설이고 있는 일이 있다면, 작은 걸음이라도 내디뎌 보세요.

한 걸음이 또 다른 가능성을 열어주고, 당신을 더 나은 방향으로 이끌어 갑니다.

결과를 두려워하지 마세요. 당신은 이미 충분히 성공할 자격이 있습니다.

그리고 그 성공은, 당신이 용기를 내는 순간 시작됩니다.

Marie Curie (마리 퀴리)

"가능성은 우리가 첫걸음을 내딛는 순간부터 시작된다."

Winston Churchill (윈스턴 처칠)

"성공은 끝이 아니라, 시작과 그 과정 속에서 발견되는 것이다."

Richard Branson (리처드 브랜슨)

"도전은 우리를 더 강하게 만들며, 그것이 삶의 진정한 목적이다."

Chapter 17:

'결과가 두려운가?
그래도 움직여야 한다!'

작은 성공이 시작하는 두려움을 이긴다

어르신은 이야기를 마친 뒤 잠시 뜸을 들이며 나를 바라보았다.

그리고 한층 더 깊이 있는 이야기를 꺼냈다.

"자네, 왜 그렇게 많은 사람들이 새로운 도전을 시작조차 하지 못하는지 궁금하지 않나?"

나는 그의 질문에 고개를 끄덕였다.

"네, 늘 궁금했어요. 왜 다들 그렇게 핑계를 대고 주저하는 걸까요?"

어르신은 깊은 눈빛으로 나를 바라보며 말을 이었다.

"그건 단순한 핑계가 아니라, 무의식에 깊이 자리 잡은 부정적인 '만약'에 때문이라네.

- '만약에 실패하면 어쩌지?'
- '만약에 사람들이 비웃으면 어떡하지?'
- '만약에 이 길이 나와 맞지 않으면 어쩌지?'
- '만약에 괜히 시작했다가 금방 포기하면 창피하지 않을까?'

이런 부정적인 '만약'에가 머릿속을 가득 채우고 있기 때문에, 사람들은 첫걸음을 내딛는 일조차 두려워하는 거야."

나는 그 말에 고개를 끄덕이며 되물었다.
"하지만 그런 두려움은 누구나 갖고 있지 않나요?"

어르신은 미소를 지으며 답했다.
"맞네. 두려움은 누구에게나 있지.
하지만 중요한 건 그 두려움을 긍정적인 '만약'에로 바꿀 수 있느냐는 거야.

- '만약에 내가 해낸다면?'
- '만약에 내 삶이 지금보다 나아진다면?'

이런 긍정적인 질문들이 두려움을 이겨내는 원동력이 되네.

하지만 많은 사람들은 부정적인 생각 속에 머물면서, 시작조차 하지 못한 채 멈춰버리곤 하지."

어르신은 잠시 뜸을 들이며 내 표정을 살폈다.

그는 한층 더 부드러운 목소리로 말을 이어갔다.

"자네, 꼭 거창한 목표만이 성공이라고 생각하나?"

나는 잠시 고민하다가 대답했다.

"글쎄요… 대개 사람들은 눈에 띄는 성과나 크고 의미 있는 목표를 이루는 게 성공이라고 여기니까요."

어르신은 고개를 저으며 말했다.

"하지만 나는 다르게 보네.

배우고, 도전하고, 작은 습관을 실천하는 모든 행동이 다 성공이라네.

심지어 아주 사소한 습관들도 포함되지."

나는 그의 말이 궁금해졌다.

"사소한 행동도 성공이라고요? 예를 들면 어떤 걸 말

씀하시는 건가요?"

어르신은 부드럽게 미소를 지으며 답했다.

"아침에 일어나서 이불을 정리하는 일도 성공이라네.

왜냐하면, 그 순간 자네가 하루를 시작하며 작은 질서를 부여했기 때문이지.

이처럼 **사소한 성공들이 쌓이면, 점점 더 큰 도전을 감당할 힘이 생기는 법이라네."**

나는 혼잣말처럼 중얼거렸다.

"작은 성공도 성공이다."

어르신 말에 마음이 따뜻해졌다.

지금까지 나는 커다란 목표를 향해 나아가며, 사소한 성공들을 간과하고 있었다는 사실을 깨달았다.

어르신은 나지막하게 내게 진심 어린 조언을 남겼다.

"자네, 목표를 향해 가는 동안 작은 성공들을 가볍게 여기지 말게.

그 작은 성공들이 모이면 자네에게 자신감을 주고, 스스로를 더욱 단단하게 만들어 주네.

그리고 결국, 자네가 자네를 사랑하게 되는 순간이 올 걸세.

자신을 온전히 사랑하게 되는 일만큼 강한 성공은 없으니까.”

그 말은 단순했지만, 그 안에 담긴 메시지는 깊이 와 닿았다.

나는 그제야 깨달았다.

매일 반복하던 사소한 행동 속에서 스스로를 인정하고, 사랑하는 과정이야말로, 내가 놓치고 있던 진정한 성공이었다.

독자들에게 전하는 메시지

당신은 지금 어떤 도전을 앞두고 망설이고 있나요?

혹시 ‘만약에 실패하면 어쩌지?’, ‘지금 시작해도 늦지 않을까?’라는 생각이 발목을 잡고 있지는 않나요?

하지만 성공은 거창한 목표를 이루는 순간에만 머무르는 게 아닙니다.

그것을 향해 한 걸음 내딛는 과정 속에 이미 성공이 있습니다.

한번 스스로에게 물어보세요.

'만약에 내가 한 걸음을 내디딘다면, 내 삶은 어떻게 달라질까?'

'만약에 내가 이 작은 도전을 해낸다면, 나는 어떤 사람이 될까?'

긍정적인 '만약'에를 품고 한 발 내딛어 보세요.

그리고 그 과정 속에서 자신을 사랑하고, 믿으며, 삶에 가능성을 넓혀 가세요.

여러분의 시작은 단순한 도전이 아니라, 더 나은 삶으로 가는 길입니다.

그리고 그 한 걸음이, 누군가에게도 새로운 시작이 될 수 있습니다.

Denis Waitley (데니스 웨이틀리)
"우리가 가진 가장 큰 두려움은 실패가 아니라
시도하지 않는 것이다."

Mary Kay Ash (메리 케이 애쉬)
"작은 성공은 자기 신뢰의 씨앗이다."

Abraham Lincoln (에이브러햄 링컨)
"작은 성공이 쌓여 당신이 상상하지 못한
가능성을 이룬다."

Chapter 18:

'믿음을 갖지 않으면, 끝없이 헤맬 뿐이다.'

믿음이 길을 열고, 나를 이끈다

어르신은 나를 바라보며 미소 지었다.

"그리고 자네, 참 잘하고 있다네.

내 말을 믿고 이렇게 실천하며 긍정을 자신의 삶에 적용하고, 더 나아가 다른 사람들과 나누고자 하다니.

이런 마음만으로도 충분히 가치 있는 일일세."

어르신은 한층 더 깊이 있는 이야기를 이어갔다.

"자네, 믿음이 얼마나 강력한 힘을 지니고 있는지 아는가?

믿음이 없다면, 아무리 좋은 말도 공허하게 들릴 뿐이라네.

하지만 믿음이 있다면, 그 말은 씨앗이 되어 자라나게 되지.

자네가 지금 전하려는 긍정적인 변화도 마찬가지라네."

나는 그 말을 곱씹으며 질문했다.

"믿음이 없다면 변화가 일어날 수 없다는 말씀이신가요?"

어르신은 천천히 고개를 끄덕이며 답했다.

"그렇지. 자네가 아무리 훌륭한 이야기를 전한다 해도, 듣는 사람이 그것을 믿지 않는다면 아무 의미가 없네.

그러나 반대로, 자네가 진심을 담아 전하고, 그것을 받아들이는 사람이 있다면, 그 순간부터 삶은 달라지기 시작할 걸세.

믿음이야말로 길을 발견하는 열쇠라네."

나는 그 말에 깊이 공감하며 스스로에게 질문했다.

'내가 가진 믿음은 얼마나 단단한가?'

어르신은 마치 내 생각을 읽은 듯 미소를 지으며 덧붙였다.

"그리고 자네도 마찬가지라네.

자네가 전하는 메시지에 대한 확신이 없다면, 그 길을 오래 걸어가기 힘들겠지.

믿음은 듣는 사람만이 아니라, 전하는 사람에게도 반드시 필요한 요소라네."

순간 다시금 깨달았다. 나는 종종 스스로를 의심하곤 했고…

어르신 조언을 따르는 길이 맞는지 고민했던 순간들이 있었다.

"믿음이란 단순히 미래를 기대하는 게 아니라, 지금 이 순간을 받아들이는 태도라네.

누군가가 자네를 의심하거나 비판할 때, 자네가 흔들리지 않는 이유는 지금 걷고 있는 길에 대한 확신 때문이지.

스스로를 믿고, 전하는 메시지를 확신한다면, 그 믿음은 반드시 세상으로 퍼져나가게 될 걸세."

나는 그 말에서 힘을 얻었다.

부정적인 반응과 비판은 스쳐 지나갈 뿐이었다.

그 순간마다 내가 믿음을 놓지 않는다면, 내가 전하려는 긍정적인 변화가 반드시 누군가에게 닿음을 확신하였다.

어르신은 곧이어 경고를 덧붙였다.

"하지만 이 점도 명심하게.

자네가 아무리 좋은 뜻으로 긍정을 나누려 해도, 모든 사람이 그것을 받아들이는 건 아니네.

어떤 이들은 자네를 비판하고, 부정적으로 바라볼 수도 있지.

'그게 무슨 의미가 있겠어'라며 비웃을 수도 있네."

나는 고개를 끄덕였다.

이미 그런 반응을 경험했던 기억이 떠올랐다.

"하지만 그럴 때마다 너무 신경 쓰지 말게.

진심으로 믿는 사람들에게는 길이 보이기 마련이라네.

긍정적인 '만약'에를 믿고, 그것을 실천하려는 사람들은 자네가 하는 말에서 힘을 얻을 거야.

자네는 그들을 위해 계속해서 목소리를 내야 하네."

어르신 말은 내게 큰 용기를 주었다.

나는 더 이상 부정적인 반응에 휘둘릴 이유가 없었다.

내가 전하는 긍정적인 메시지가 꼭 필요한 사람들에게 전해질 거라는 확신이 더욱 깊어졌다.

그날 나는 한층 더 성장한 기분이었다.

'만약에 내가 이 메시지를 전한다면, 또 누군가에 삶이 변화할 수 있지 않을까?'

믿음은 결국 모든 일을 시작하게 하고, 끝까지 이끌어 주는 힘이었다.

그 질문이 내 안에서 새로운 불씨가 되었다.

나는 이 메시지를 더 많은 사람들에게 전할 준비가 되어 있었다.

지금까지 걸어온 길과 깨달아 온 긍정적인 변화를 통해, 또 다른 누군가가 자신만의 '만약'에를 실천할 수 있도록 돕고 싶었다.

독자들에게 전하는 메시지

여러분은 지금 어떤 길 위에 서 있나요?

혹시 스스로를 의심하며, '이 길이 맞을까?', '내가 해낼 수 있을까?'라고 망설이고 있지는 않나요?

하지만 길은 처음부터 보이지 않는 법입니다.

믿음을 품는 순간, 한 걸음 한 걸음 내디딜 때마다 새로운 길이 열리기 시작합니다.

한 번 생각해 보세요.

'만약에 내가 나 자신을 끝까지 믿는다면?'

'만약에 내가 이 메시지를 나누면서 누군가 삶을 변화시킬 수 있다면?'

믿음은 여러분이 가야 할 길을 만들어 줍니다.

그리고 믿음이 깊어질수록, 여러분이 전하는 말은 더 많은 사람들 마음에 자리 잡게 됩니다.

지금 스스로에게 물어보세요.

'나는 내 믿음을 끝까지 지킬 준비가 되어 있는가?'

만약 그 답이 '예'라면, 여러분은 이미 변화 시작점에 서 있습니다.

John C. Maxwell (존 맥스웰)

"자신을 믿지 않으면
다른 사람이 당신을 믿을 이유도 없다."

Johann Wolfgang von Goethe (요한 볼프강 폰 괴테)

"스스로를 믿는 순간,
당신은 이미 길을 걷기 시작한 것이다."

Helen Keller (헬렌 켈러)

"믿음은 한계가 아닌 가능성을 바라보는 힘이다."

Chapter 19:

'불확실함을 이기는 건 완벽이 아니라, 시작이다.'

불확실한 상황에서도
앞으로 나아가는 용기

나는 늘 삶을 바꿀 준비가 되어 있다고 믿었다.

'만약에 내가 긍정적인 메시지를 사람들에게 전할 수 있다면?'

그 질문은 마음을 설레게 했고, 의류 브랜드라는 새로운 가능성을 떠올리게 했다.

왜 의류 브랜드였을까?

나는 사람들이 매일 입는 옷에 주목했다.

옷은 단순히 몸을 감싸는 게 아니었다.

사람들은 브랜드 로고를 보고, 그 브랜드가 가진 철학과 가치를 떠올린다.

'내가 만든 브랜드가 긍정을 담는다면 어떨까?

내 브랜드 옷을 입은 사람들이 모두 긍정적인 에너지를 가진다면 얼마나 멋질까?'

그 생각이 점점 커졌다.

브랜드를 통해 세상에 긍정적인 영향을 주고 싶었다.

사람들이 내 옷을 입고 자신감과 활력을 얻으며 살아가길 바랐다.

그 긍정적인 기운이 퍼져, 더 많은 이들에게 전해지기를 간절히 원했다.

나는 흥미를 느끼며 관련 서적을 읽고 강의를 들었다.

로고와 슬로건 같은 기본적인 작업부터 하나씩 만들어가기 시작했다.

'내 브랜드 로고를 보는 순간, 사람들에게 긍정적인 감정을 떠올리게 하자.'

그 목표를 품고 자료를 정리하고, 아이디어를 노트에 기록하며 즐겁게 시간을 보냈다.

경찰관으로서 바쁜 하루를 보내고도, 새벽에는 브랜드를 위한 연구와 아이디어 발전에 집중했다.

그 과정은 흥미로웠다.

아니, 솔직히 말하자면 정말 즐거웠다.

'이게 내가 진정으로 하고 싶은 일이다.'라는 확신이 들었다.

하지만 시간이 흐르고 어느 순간, 나는 멈춰 있었다.

배우고, 계획하고, 준비했지만, 정작 실행하지 못하고

있는 나 자신을 마주했다.

머릿속에서는 이미 많은 준비를 끝냈다고 생각했지만, 현실 속에서는 여전히 제자리였다.

'나는 지금 뭐 하고 있는 걸까? 왜 시작하지 못하는 거지?'

이런 생각들이 머릿속을 가득 채웠다.

경찰서에서 쏟아지는 사건과 해결해야 할 업무는 계속 늘어나고 있었다.

밤이 되면 책상 앞에서 무력감에 빠졌다.

'브랜딩'이라는 꿈을 꾸면서도, 그 꿈을 현실로 만드는 첫걸음을 떼지 못했다.

나는 정말 내 브랜드를 통해 세상을 바꿀 수 있을까?

내가 가진 긍정적인 '만약'에가 사람들에게 닿을 수 있을까?

아니, 어쩌면 나는 그저 꿈만 꾸고, 아무것도 하지 못한 채 머물러 있는 게 아닐까?

이런 질문들이 마음을 흔들었다.

브랜딩이라는 목표를 품었지만, 첫걸음을 떼는 일이 이렇게 어려운 줄은 몰랐다.

막막했다.

하지만 내 안에 작은 희망이 말했다.
'만약에 내가 시작한다면, 어떤 미래가 펼쳐질까?'
그 희망이 다시 한번 일어서게 만들 거라 믿고 싶었다.

술을 마시는 날이 늘어났다.
친구들과 모임뿐만 아니라, 혼자 있는 시간에도 술잔을 기울이며 고민에 빠졌다.
머릿속은 점점 복잡해지고, 모든 걸 내려놓고 싶다는 생각까지 들었다.

'이대로도 괜찮은 거 아닐까?'
'경찰이라는 안정된 직업을 포기할 만큼 중요한 일일까?'

두려움과 현실적인 고민이 나를 짓눌렀다.
'만약 실패하면 어떻게 하지?'라는 질문이 발목을 붙잡았다.
불확실한 미래는 여전히 안개 속에 있었고, 나는 그 안으로 걸어 들어갈 용기를 찾지 못하고 있었다.

그날도 답답한 마음을 안고 사우나로 향했다.
어르신은 항상 같은 자리에 앉아 있었다.

나는 그에게 모든 고민을 털어놓았다.
"어르신, 제가 이전에 말씀드린 일에 대해 많이 고민했어요.
의류 브랜드를 통해 긍정적인 메시지를 전하고, 사람들에게 용기를 주고 싶어요.
그런데 정작 저는 행동하지 못하고 있어요.
공부와 준비는 충분히 했는데, 실행하려니 두려움이 가득합니다.
이대로 괜찮은 걸까요?"

어르신은 내 말을 듣고 잠시 침묵했다.
그리고 차분히 말했다.
"자네, 그 두려움이 어디에서 오는지 알고 있나?"

나는 머뭇거리며 대답했다.
"미래가 불확실하기 때문이죠.
이 일을 시작했다가 실패하면, 경찰이라는 안정적인 삶을 잃을까 봐 두렵습니다.

스스로를 믿지 못하는 걸까요?"

어르신은 고개를 끄덕이며 말했다.

"그 두려움은 자연스러운 거라네.

많은 성공한 이들도 처음에는 같은 두려움을 안고 시작했지.

하지만 중요한 건 그 두려움을 어떻게 다루느냐 라네.

두려움은 자네를 멈추게도 하지만, 동시에 자네가 진짜 원하는 목표를 더 명확하게 보게 만드는 도구가 될 수 있다네."

어르신은 계속해서 이야기를 이어갔다.

"자네, 성공한 사람들이 두려움 없이 시작했다고 생각하나? 그렇지 않네.

그들 또한 실패를 두려워했고, 앞이 보이지 않는 상황에서 발을 내디뎠지.

하지만 그들이 했던 한 가지 공통점은, 두려움을 없애려 하기보다, 두려움을 품고도 한 걸음씩 나아갔다는 점이라네."

나는 그의 말에 고개를 끄덕이며 물었다.

"그럼 그들은 어떻게 그 두려움을 극복했을까요?"

어르신은 미소를 지으며 답했다.
"두려움은 불확실성에서 오는 거라네.
그래서 그 불확실성을 줄이기 위해 준비하고, 배우고, 계획을 세웠지.
하지만 준비가 완벽할 필요는 없네.
완벽해지는 과정은 시작 속에 있지."

그는 나를 바라보며 말했다.
"자네, 지금까지 정말 잘해왔네.
공부했고, 방향을 잡았고, 자신을 믿으며 성장해 왔네.
이제 필요한 건 단 하나.
한 걸음 내딛는 거라네.
완벽하려고 하지 말게.
작은 걸음이라도 좋으니, 행동으로 옮겨 보게."

나는 그 말에 조용히 고개를 끄덕였다.

"그리고 하나 더 기억하게.
두려움은 사라지지 않네.

하지만 두려움을 안고도 나아가는 용기가 목표를 이루게 할 걸세."

어르신 조언이 마음속 깊이 울려 퍼졌다.
'만약 지금 시작한다면, 어디까지 나아갈 수 있을까?'

독자들에게 전하는 메시지

두려움이 당신을 막아서고 있지는 않나요?
새로운 도전을 앞두고, '만약 실패하면 어쩌지?', '지금 시작해도 괜찮을까?' 하는 생각이 머릿속을 가득 채우고 있지는 않나요?
하지만 생각해 보세요. '만약에 내가 지금 시작한다면?' 그 한 걸음이 당신의 가능성을 얼마나 확장할 수 있을까요?
완벽한 시작은 없습니다. 하지만 시작 자체가 완벽으로 가는 과정입니다.
두려움을 없애려 하지 말고, 그것을 안고도 앞으로 나아가세요.
모든 성공한 사람들도 처음에는 불확실한 미래 앞에서 망설였지만, 결국 한 걸음을 내디디며 자신만의 길을 만들었습니다.

오늘, 당신도 선택할 수 있습니다.

멈춰 서서 두려움 속에 머무를 것인가, 아니면 불완전하더라도 앞으로 나아갈 것인가?

작은 발걸음이 큰 변화를 만들어 냅니다.

지금 당신 가슴을 뛰게 하는 그 질문에 답해 보세요.

'만약에 내가 지금 시작한다면?'

Denis Waitley (데니스 웨이틀리)

"실패는 도전하지 않는 것보다
훨씬 더 가치 있는 경험이다."

Mark Zuckerberg (마크 저커버그)

"가장 큰 위험은 아무것도 시도하지 않는 것이다."

Eric Hoffe (에릭 호퍼)

"안전함에 머무르지 말고, 불확실성 속에서 성장하라."

Chapter 20:

‘포기라는 선택이 때로 최고의 전략이 된다.’

포기하는 게 아니라, 더 나은 선택을 하는 거다

어르신은 나를 바라보며 부드러운 미소를 지었다.

"자네가 브랜딩을 꿈꾼다는 건 참 멋진 일이네.

하지만 때로는 큰 목표를 이루기 위해 작고 현실적인 걸음부터 시작해야 하네.

지금 자네가 말한 브랜딩은 당장 해결해야 할 조건이 많을 수도 있지.

자금, 시간, 에너지 모두 필요하지 않겠나."

나는 그 말을 곱씹으며 조용히 물었다.

"그럼 저는 브랜딩을 지금 포기해야 하나요?"

어르신은 단호히 고개를 저었다.

"포기를 부정적으로 생각하지 말게."

나는 그에 말을 되새기며 한숨을 내쉬었다.

브랜딩이라는 꿈은 여전히 내게 소중했지만, 현실에서 해결해야 할 문제들이 벽처럼 느껴졌다.

어르신은 차분한 목소리로 말했다.

"포기는 실패가 아니야. 오히려 또 다른 가능성을 여는 과정이지."

나는 지금까지 노력을 되돌아봤다.

그러다 당장 제약들에 의해 브랜딩을 우선 포기할 수밖에 없다는 생각과 함께 문득, 현실을 받아들이기로 했다.

브랜딩이라는 목표를 잠시 접고, 새로운 방향을 모색해야겠다고 결심했다.

"말씀대로 지금은 브랜딩을 이어가기 어려울지도 모르겠어요."

"그런데 포기라는 단어가 너무 무겁게 느껴져요.

마치 모든 걸 놓아버리는 느낌이 듭니다."

어르신은 조용히 내 얼굴을 지켜봤다.

사우나 뜨거운 열기 속에서도 그에 눈빛은 차분하고

맑았다.

그는 천천히 고개를 끄덕이며 입을 열었다.

“자네, ‘두 걸음 전진을 위한 한 걸음 후퇴.’라는 말 들어본 적 있나?”

나는 고개를 끄덕였지만, 지금 내 상황과 그 말이 어떻게 연결되는지 선뜻 떠오르지 않았다.

어르신은 부드럽게 말을 이었다.

“포기는 단순한 멈춤이 아니야.

지금 당장 맞지 않는 길을 정리하고, 더 나은 기회를 만들기 위한 선택이지.

브랜딩을 포기한다고 해서 자네 꿈이 끝나는 건 아니야.

오히려 지금 물러서면 더 넓은 길을 준비할 수 있는 기회가 생기는 거지.”

나는 그 말을 곱씹으며 가만히 앉아 있었다.

지금까지 포기를 부정적으로만 바라봤던 생각이 천천히 변하기 시작했다.

어르신은 내 표정을 살피며 계속해서 말을 이어갔다.

"자네는 포기를 실패라고 여겨 왔을 걸세.

하지만 포기가 필요한 순간을 받아들이는 용기가 얼마나 중요한지 아나? 포기는 끝이 아니라 더 나은 방향으로 가기 위한 준비일 뿐이라네."

그는 한숨을 고르고 다시 말했다.

"포기를 통해 자네는 다른 가능성을 찾을 기회를 얻는 거야.

브랜딩을 잠시 내려놓는다고 해서 자네 꿈이 사라지는 게 아니야.

대신 그 시간을 활용해 더 나은 방법을 찾고, 더 적절한 시기에 다시 도전할 수 있도록 준비할 수 있지.

포기는 끝이 아니라 새로운 시작을 위한 과정이라네."

어르신은 조금 더 단단한 목소리로 덧붙였다.

"포기하는 일도 쉬운 일이 아니야.

많은 사람들이 포기해야 할 때를 알지 못하고 미련을 붙잡다가 더 큰 상처를 받기도 하지.

하지만 자네는 지금 자신에게 맞지 않는 길을 정리하고, 더 나은 가능성을 찾기 위해 결단을 내리려 하고 있네.

오히려 이게 진정한 강인함이고, 또 하나의 성공이지."

그의 말은 나의 마음을 어루만졌다.

나는 이제껏 포기를 두려워하고, 그것이 실패가 가진 다른 이름이라고 여겨왔다.

그러나 어르신은 포기가 또 다른 성공에 한 모습임을 명확히 알려주었다.

그날 나는 어르신 말을 떠올리며 깊이 생각에 잠겼다.

'두 걸음 전진을 위한 한 걸음 후퇴.' 이제는 이 말이 단순한 후퇴가 아니라 더 넓은 가능성을 열기 위한 움직임이라는 사실이 분명해졌다.

포기는 단순한 멈춤이 아니라 새로운 기회를 여는 선택이었다.

브랜딩이라는 목표를 잠시 내려놓더라도, 나에게 주어진 길은 사라지지 않는다.

새로운 방향을 찾고 다시 시작할 수 있는 기회는 언제든 열려 있다.

나는 새로운 길을 걸어갈 준비가 되어 있었다.

독자들에게 전하는 메시지

여러분은 지금 어떤 선택 앞에 서 있나요?
포기해야 할지, 계속 나아가야 할지 고민하고 있지는 않나요?
많은 사람들은 포기를 실패로 여깁니다. 하지만 정말 그럴까요?
어쩌면 포기는 또 다른 길을 찾기 위한 현명한 선택일지도 모릅니다.
만약에 지금 한 걸음 물러선다면, 더 넓은 시야로 새로운 기회를 발견할 수 있지 않을까요?
때로는 멈춰 서서 방향을 점검하는 일이 더 빠른 성장으로 이어집니다.
포기는 실패가 아닙니다.
그것은 여러분을 더 나은 길로 안내하는 또 하나의 선택일 뿐입니다.
자신만의 길을 만들어가는 과정 속에서, 때로는 멈춤도 중요한 부분이 됩니다.
그러니, 지금 고민하고 있다면 스스로에게 질문해 보세요.
'이 선택이 나를 더 성장하게 만들까?'

'지금 한 걸음 멈춘다면, 나에게 더 나은 가능성이 열릴까?'
모든 경험이 여러분을 더 단단하게 만듭니다.
여러분에 길은 오직 여러분만이 결정할 수 있습니다.
어떤 선택이든, 그 안에서 배움과 성장이 있다는 사실을 믿으세요.
성공이란 하나의 결과물이 아니라, 계속해서 자신만의 길을 만들어가는 과정에 있습니다.
여러분은 이미 성공을 향해 가고 있습니다.

T.S. Eliot (T.S. 엘리엇)

"끝난 것처럼 보이는 지점은 진짜 시작의 순간이다."

Oprah Winfrey (오프라 윈프리)

"포기는 당신이 새로운 길을 찾았다는 신호일 수 있다."

Helen Keller (헬렌 켈러)

"때로는 문이 닫혀야 더 나은 문이 열린다."

Chapter 21:

'지금 힘든가? 그렇다면 성장하고 있는 중이다.'

모든 발걸음이 당신을 원하는 곳으로 데려가고 있다

어르신은 나를 바라보며 조용히 입을 열었다.

"자네, 세상이 말하는 성공한 사람들도 처음엔 자네와 모두 같은 고민을 했네.

그들도 자신에게 맞는 길을 찾지 못해 방황했지.

하지만 여러 시도를 거듭하며, 부딪히고 배우면서 자신만의 강점을 찾아갔을 뿐이라네."

그는 유명한 사업가 사례를 들려주었다.

"어떤 이는 처음엔 전혀 다른 분야에서 일했네.

그가 첫 사업에서 어려움을 겪었을 때, 사람들은 모두 그를 비웃었지.

하지만 그는 멈추지 않고 작은 시도를 반복하며 자신에게 맞는 방향을 찾았네.

결국 그는 세상에서 가장 영향력 있는 기업가 중 한 사람이 되었지.

그에 성공은 단번에 이루어진 게 아니라, 도전과 시행착오를 거듭한 끝에 얻어진 결과라네."

어르신은 잠시 말을 멈추고 미소를 지으며 덧붙였다.

"진정한 성공을 이룬 사람들은 실패를 두려워하지 않는다네.

그들에게 실패는 끝이 아니라, 더 나아가기 위한 과정일 뿐이었으니까."

그는 또 다른 이야기를 들려주었다.

이번에는 경제적 자유를 꿈꾸거나 새로운 분야에 도전하는 수많은 사람들에 대한 이야기였다.

"자네와 같은 사람들이 지금도 곳곳에서 꿈을 향해 나아가고 있다네.

자신만의 길을 찾기 위해 노력하고, 시행착오를 겪으며 단단해지고 있지.

누군가는 창업을 준비하고, 누군가는 인생에 새로운 전환점을 만들고자 한다네.

그들에게도 쉽지 않은 순간들이 찾아오지만, 포기하지 않고 앞으로 나아가는 사람들이 결국 자신이 잘하는 길을 찾게 되지."

어르신은 내 눈을 마주 보며 덧붙였다.
“자네 역시 지금 그런 길 위에 서 있지 않나?
나는 자네가 끝까지 걸어갈 거라 믿는다네.”

어르신은 현실에 안주하는 사람들 이야기도 덧붙였다.
“반면, 두려움에 사로잡혀 도전을 피하는 사람들도 많다네.
그들은 편안함 속에 머무르기를 선택하지.
그 선택이 잘못된 건 아니지만, 성장 없이 머물러 있는 사실은 분명하지.
자네는 그런 상태에서 벗어나려 노력하고 있지 않나.
그 자체만으로도 충분히 의미 있는 일이라네.”

나는 스스로를 그렇게 대단하게 여긴 적이 없었다.
하지만 어르신은 **내 노력이, 내 발버둥이 그 자체로도 가치 있는 일**이라고 말해주었다.

그는 마지막으로 중요한 조언을 남겼다.
“자네가 지금 마주한 모든 순간이 실패가 아니라네.
그저 과정일 뿐이지.
그리고 자네가 지나온 순간들이 하나씩 모여 자네를

더욱 단단하게 만들고 있지.

세상에 빛나는 성공을 거둔 사람들 발자취를 보면, 그들 역시 같은 길을 지나왔다네.

그러니 조급해하지 말고, 자네 자신을 믿으며 계속 나아가게.

그 길 끝에는 자네가 꿈꾸던 모습이 기다리고 있을 걸세."

나는 그의 말을 들으며 내가 걸어온 시간을 되돌아보았다.

힘들다고 여겼던 순간들이 사실은 나를 더 성장하게 만들어 준 과정이었다는 걸 깨달았다.

그리고 그 시간이 나를 더 나은 방향으로 이끌고 있다는 사실이, 다시 일어설 용기를 주었다.

독자들에게 전하는 메시지

당신은 지금 어떤 과정을 걷고 있나요?

혹시 실패라고 느꼈던 순간들이, 다시 돌아보면 성장으로 가는 길이었던 적은 없었나요?

모든 도전은 단순한 결과가 아니라, 경험과 배움을 쌓

아가는 과정의 연속입니다.
세상에서 성공한 사람들은 단번에 목표를 이루지 않았습니다.
수많은 시도와 시행착오를 거치며 자신만의 무기를 발견했고, 그 과정 속에서 더 단단해졌습니다.
당신 역시 지금 걸어가고 있는 길 위에서 자신이 가진 특별한 가능성이 발견됩니다.
혹시 지금 힘든 길 위에 서 있나요?
그 길이 당신을 어디로 데려갈지 아직 확신이 서지 않나요?
그렇다면 이렇게 물어보세요.
"이 과정 속에서 내가 얻을 수 있는 배움은 무엇일까?"
"이 순간이 결국 나를 더 단단하게 만들고 있지는 않을까?"
당신이 지금 겪고 있는 시행착오는 결코 헛되지 않습니다.
포기하지 않고 걸어가는 한, 당신은 이미 자신이 정하는 길을 만들어가고 있습니다.
기억하세요. 지금 하는 발버둥이 언젠가 당신을 더 단단한 사람으로 만들어줍니다.
그 과정 자체가 당신을 위한 성공입니다.
그러니 오늘도 한 걸음 더 나아가 보세요.
당신은 이미 충분히 잘하고 있습니다.

Winston Churchill (윈스턴 처칠)
"성공은 최종 목표가 아니라, 실패에서
실패로 나아가며 열정을 유지하는 것이다."

Bertrand Russell (버트런드 러셀)
"우리가 실패라고 부르는 것은 단순히 더
현명해지기 위한 또 다른 기회일 뿐이다."

Michael Jordan (마이클 조던)
"모든 위대한 성공 뒤에는
반드시 실패와 배움의 과정이 있었다."

Chapter 22:

'성공은 목표가 아니라 여정이다, 당신의 길을 걸어라'

성공은 완벽한 루틴이 아니라, 자신을 이해하는 과정이다

사우나 뜨거운 열기 속에서 어르신이 천천히 입을 열었다.

“자네 이야기를 들으며 떠오르는 게 있네.

중요한 걸 하나 말해주고 싶어.

자네는 지금까지 부동산, 브랜딩, 자기계발 등 여러 분야를 공부하며 다양한 책과 강의를 접해 왔지? 그 과정에서 성공한 사람들의 이야기를 많이 들었을 거야. 어떻던가?”

나는 잠시 생각하다가 고개를 끄덕였다.

“네, 대부분 비슷한 이야기를 하더군요.

목표를 명확히 세우고, 꾸준히 노력하며, 배움을 멈추지 않는 태도가 중요하다고 했어요.

그래서 저도 그 원칙을 따라 미라클 모닝을 실천하고, 하루 루틴을 계획적으로 만들어봤어요.”

어르신은 고개를 끄덕이며 물었다.

"그래서 어땠나? 자네 삶이 크게 달라졌나?"

나는 한숨을 내쉬며 고개를 저었다.

"솔직히 말하면, 아니요.

처음엔 뭔가 잘하고 있다는 느낌이 들었어요. 하지만 오래가지 못했어요.

아침 일찍 일어나려니 피곤해서 하루 종일 기력이 떨어졌고, 계획한 루틴을 지키지 못하면 죄책감이 들었어요.

처음부터 성공한 사람들처럼 되려고 너무 애썼던 것 같아요.

몸과 마음이 준비되지 않았는데도 말이죠."

나는 목소리를 낮추며 덧붙였다.

"돌이켜보면, 그런 노력들이 오히려 저를 지치게 했던 것 같아요.

계속 실패했다는 느낌만 들었거든요.

하지만 한편으로는 언젠가 제 방식이 생길 거라는 희망도 있어요.

그래서 지금은 스스로를 몰아붙이지 않고, 시간과 흐

름을 내 편으로 만들려 합니다.
하루하루 작은 시도를 해보며 저에게 맞는 방식을 찾아가고 있어요."

어르신은 내 말을 가만히 듣고 있더니 부드럽게 미소 지었다.
"자네 이야기를 들어보니, 중요한 깨달음을 얻었네.
성공한 사람들 방식을 따라 하는 것도 좋지만, 모든 사람이 같은 길을 갈 필요는 없지.
사람마다 속도와 리듬이 다르기 때문이야."
"성공한 사람들은 자신만이 겪어온 방식과 경험을 바탕으로 원칙을 세운다네.
목표를 세우고, 미라클 모닝을 실천하고, 하루를 세세하게 계획하는 일처럼 말이야.
하지만 중요한 건, 그들이 처음부터 완벽하지 않았다는 점이야.
시행착오를 겪으며 자신에게 맞는 방식을 찾아갔던 거지."

나는 그의 말에 고개를 끄덕이며 공감했다.
"저도 시행착오를 겪는 과정 중 같아요.

아직 완벽하지 않더라도, 제 길을 찾아가고 있다고 믿어요."

어르신은 깊은 눈빛으로 나를 바라보며 말했다.

"그래서 내가 말하고 싶은 건, 성공 법칙을 무조건 따라가기보다 자신의 리듬을 찾아가는 게 중요하다는 거야.

자신이 가지는 흐름을 인정하는 일이 가장 기본적인 원칙이지."

그는 말을 멈추고 내 반응을 살폈다.

"자네가 느끼는 피곤함과 스트레스는 잘못된 게 아니야.

오히려 자신에게 더 많은 여유를 줘야 한다는 신호일 수도 있지.

그러니 하루를 이렇게 시작해 보게. '오늘 내가 할 수 있는 가장 좋은 선택은 무엇일까?'

이렇게 질문하고, 작은 한 걸음만 내디뎌도 충분해."

나는 그 말을 곱씹으며 고개를 끄덕였다.

"작은 걸음… 그렇군요. 그렇게 생각하니 마음이 한결 가벼워졌어요."

어르신은 따뜻한 미소를 지으며 덧붙였다.

"기억하게, 성공은 완벽한 루틴을 만드는 게 아니라네.

실패와 도전, 느긋함과 성취를 모두 경험하면서 자신이 갈 길을 찾는 데서 진정한 성공이 오는 거지.

그러니 자신에게 조금 더 너그러워지게. 그리고 과정 속에서 배움과 즐거움을 놓치지 말게."

어르신은 깊은 생각에 잠긴 듯 잠시 말을 멈췄다가 다시 입을 열었다.

"자네도 알겠지만, 성공한 사람들 이야기엔 일정한 흐름이 있지.

그래서 내가 생각하는 성공한 사람들 공통된 원칙 10가지를 말해주겠네.

하지만 미리 말해두겠네, 이것이 정답은 아니야."

나는 무슨 이야기를 하실지 짐작한 듯 자세를 고쳐 앉았다.

어르신은 손가락을 하나씩 접으며 성공한 사람들이 공유하는 원칙을 나열하기 시작했다.

1. 명확한 목표 설정

"자신이 이루고자 하는 방향을 구체적으로 정해야 한다네.

성공한 사람들은 목표를 확실히 정하고 움직이지."

2. 시간의 효율적 활용

"시간은 누구에게나 동일하게 주어진다네.

하지만 성공한 사람들은 우선순위를 정하고 중요한 일에 집중하지."

3. 끊임없는 자기 성장

"배움과 도전은 멈추지 않는 법이라네.

책을 읽고, 새로운 기술을 익히며 계속 발전해야 하지."

4. 실패를 두려워하지 않음

"실패는 성장의 일부라네. 두려워하지 않고 실패 속에서 배우는 자세가 중요하지."

5. 사람과의 관계 관리

"성공한 사람들은 인간관계를 소중히 여긴다네.

네트워크를 형성하고 협력을 통해 더 큰 기회를 만든다네."

6. 몸과 마음의 건강 유지

"건강은 모든 성공의 기초라네.

운동과 균형 잡힌 식사, 정신적 안정이 중요하지."

7. 긍정적인 사고방식

"위기 속에서도 기회를 찾고 도전하는 태도가 성공을 만든다네."

8. 효과적인 소통 능력

"말하는 법, 경청하는 자세, 표현력 모두 중요한 성공 요소라네."

9. 끈기와 인내

"쉽게 포기하지 않고 꾸준히 걸어가는 힘이 결국 성공으로 이어진다네."

10. 행동하는 실행력

"계획만으로는 변화가 없다네. 행동하는 순간부터 모든 것이 달라지지."

어르신은 차를 한 모금 마시며 말했다.

"자네, 시작 자체가 성공이라는 말을 기억하나? 그 시작이 얼마나 큰 용기인지, 자네는 누구보다 잘 알고 있을 걸세."

나는 조용히 고개를 끄덕였다.

그는 미소를 지으며 말을 이었다.

"자네, 사람들이 흔히 말하는 '성공'이라는 의미가 무엇인지 생각해 본 적 있나?

많은 사람들이 목표를 달성하면 성공했다고들 말하지.

하지만 그건 단지 그들 관점일 뿐이야.

그들이 **목표라 부르는 지점은 그저 한 단계일 뿐,**

그 뒤에도 새로운 목표는 계속 생기기 마련이지.

성공은 끝이 아니라, 계속 이어지는 여정이라네.

모든 성공한 사람들은 그 과정 속에서 자신만의 무기를 찾은 거라네."

나는 그의 말에 그저 고개를 끄덕였다.

그동안 내가 정의했던 성공이라는 의미도 사실 한순간에 불과했다.

목표를 이루었더라도, 나는 여전히 새로운 꿈과 도전 앞에 서 있었으니까.

어르신은 내 생각을 읽은 듯 말을 이었다.

"그러니 모든 사람들이 같은 목표를 향해 똑같은 법칙을 적용하며 갈 필요는 없네.

다른 사람들 기준에 자신을 맞추지 말게나."

그에 말이 마음 깊이 스며들었다.

결국 성공이란, 내 길을 찾고 그것을 믿고 걸어가는 과정 자체였다.

독자들에게 전하는 메시지

우리는 흔히 성공을 목표를 이루는 순간이라 생각합니다.

하지만 정말 그런가요?

한 번쯤 스스로에게 질문해 보세요.

"내가 원하는 진짜 성공은 무엇인가?"

성공한 사람들 법칙을 그대로 따라 하는 게 아니라,

그 과정 속에서 스스로에게 맞는 방식을 찾아가는 일이 더 중요합니다.

성공은 멈춰 있는 상태가 아니라, 계속해서 흘러가는 여정입니다.
목표를 이루어도, 우리는 새로운 꿈과 도전을 향해 나아가야 합니다.
그러니 조급해하지 마세요.
남들과 비교하지 마세요.
당신만의 속도로, 당신만의 길을 만들어가세요.
그 과정에서 겪는 모든 경험과 깨달음이 당신만의 무기가 되어 줍니다.
"내가 지금 걷고 있는 길이, 나만의 성공으로 가는 길일까?"
이 질문을 마음속에 새기며, 당신 여정을 걸어가길 응원합니다.
당신이 찾은 길 위에서, 진정한 성공이 피어나게 됩니다.

Steve Jobs (스티브 잡스)

"세상은 당신에게 이미 만들어진
길을 따르기를 원한다. 그러나 성공은
당신이 직접 길을 만들어가는 데서 온다."

Oprah Winfrey (오프라 윈프리)

"성공은 남들이 정해준 길을 따라가는 것이 아니라,
자신이 스스로 정의한 길을 걸어가는 것이다."

Virginia Woolf (버지니아 울프)

"우리는 성공의 의미를 다시 정의해야 한다.
그것은 단순한 물질적 목표가 아니라,
진정한 자신이 되는 여정이다."

Chapter 23:

'당신이 원하는 미래가 오지 않는 이유'

뇌는 당신이 믿는 방향으로 삶을 움직인다

어느 날, 어르신은 조용히 물었다.

"자네, 뇌가 자네 삶에 얼마나 큰 영향을 미치는지 생각해 본 적 있나?"

나는 잠시 생각하다 대답했다.

"이전에 말씀해 주셨던 잠재의식과 무의식 말씀하시는 거예요?

그것들이 생각과 행동을 통제하고, 그것을 바탕으로 뇌와 소통을 유지하는 외에는 구체적으로 뇌에 대해서는 잘 모르겠습니다."

어르신은 고개를 끄덕이며 말을 이었다.

"뇌가 하는 질문에 적극적 대답해 나가는 방식에서 더 깊은 이야기를 하고자 하네.

자네 뇌는 자네가 무언가를 생각하는 방식, 행동하는

방식, 그리고 삶을 대하는 방식을 모두 조율하는 중심이네.

그런데 이 뇌는 자네가 어떤 방향으로 몰입하느냐에 따라 전혀 다른 결과를 만들어내지."

나는 그의 말에 귀를 기울였다.

그는 한층 더 깊은 목소리로 설명을 이어갔다.

"만약 자네가 '노력해야 해'라고만 생각한다면, 자네 뇌는 그 노력에만 집중하게 되네.

노력할 수 있는 환경, 노력의 방법, 노력할 일에만 신경을 쓰다 보면,

어느 순간 노력 그 자체가 목표가 되어버리지.

하지만 자네가 정말 원하는 건 그 노력 끝에 있는 결과 아닌가?"

나는 조용히 고개를 끄덕였다.

"그렇죠. 노력 자체가 아니라, 노력에 대한 그 결과를 얻고 싶은 거니까요."

어르신은 부드럽게 미소 지으며 말을 이었다.

"그렇다네. 하지만 자네 뇌가 그 방향을 보지 않고, 노력이라는 과정만 들여다본다면 결과와 점점 멀어질 수 있지.

이와 마찬가지로, 자기계발에만 몰두하면 결국 '스스로를 개발해야 한다.'는 생각에 갇혀, 자기 개발에만 집중하게 되는 거지.

진짜 원하는 삶에 대한 방향을 놓치게 되네."

어르신은 내가 의아해하자, 한층 더 진지한 눈빛으로 이야기를 이어갔다.

"자네, '달인'이라는 말을 들어봤겠지? 요식업이든, 수공업이든, 운동이든, 그 분야에서 재능이 뛰어난 사람들 말일세.

그 사람들은 왜 그 일을 그렇게 잘하게 되었을까?"

나는 잠시 생각에 잠겼다.

"아마… 타고난 재능이 있어서 그런 게 아닐까요?"

어르신은 고개를 천천히 저으며 부드럽게 반박했다.

"그럴 수도 있겠지. 하지만 타고난 재능만으로 달인이 되는 건 아니네.

그 사람들은 누구보다도 그 일을 잘하려고 끊임없이 생각하고, 더 잘하는 방법을 찾으려고 의식적이거나 무의식적으로 계속 자신이 하는 일에 결과만 생각했기 때문이라네."

어르신은 잠시 말을 멈추고, 내가 이해하기를 기다리는 듯 천천히 입을 열었다.

"요리사라면, 요리를 어떻게 더 맛있게 만들까를 늘 생각하겠지.

재봉사라면, 어떻게 더 빠르고 정교하게 옷을 만들까를 고민할 거야.

그들이 가진 뇌는 그 일을 더 잘하고, 더 빨리하고, 실수를 줄이는 방법을 끊임없이 찾으려 한다네.

그 결과, 뇌는 그 방향으로 생각하고 고민하며 이끌어 가게 되지."

나는 그에 말에 고개를 끄덕였다.

그들이 달인이 될 수 있었던 건 타고난 재능뿐만이 아니라, 그 일을 더 잘하기 위한 몰입한 결과라는 사실을 이해할 수 있었다.

그는 잠시 뜸을 들이더니, 더 단단한 목소리로 덧붙였다.

"그러니 자네, 단순히 노력에만 몰두하지 말게.

만약 자네가 경제적 자유를 꿈꾸며 '만약에 내가 100억을 벌었다'고 상상하면, 자네 뇌는 어떻게 반응할 것 같나?"

나는 대답을 망설였다.

그가 내 표정을 읽으며 부드럽게 설명을 이어갔다.

"그 생각은 단순히 공상이 아니라네.

자네가 그 생각을 품는 순간, 뇌는 그 목표를 달성하기 위한 방법을 끊임없이 찾게 되지.

100억을 벌기 위해 어떤 일을 해야 할지, 누구를 만나야 할지, 어떤 환경에서 움직여야 할지 자네 뇌가 스스로 질문을 던지고 답을 찾아가기 시작한다네.

그렇게 자네 뇌는 방향을 설정하고, 100억을 벌기 위한 그 길로 자네를 자연스럽게 이끌어주지.

우리가 노력을 생각하면 노력해야 할 일들만 찾게 되듯이 말이야."

어르신은 한층 더 진지한 표정으로 덧붙였다.

"그러니, '100억 벌기 위해 노력해야 한다.'는 생각보다는, '내가 100억을 벌었다.'라는 확신을 품는 생각이 훨씬 강력하다는 걸 기억하게나.

어르신은 해맑게 웃으며,

"자네, 성공법칙 중에서도 가장 중요한 것이 무엇인지 아나?"

나는 확신에 차서 대답했다.

"긍정적인 '만약'에 입니다!"

어르신은 해맑은 미소를 지으며 고개를 끄덕였다.

"맞네. 긍정적인 '만약'에야말로 자네 뇌를 올바른 방향으로 움직이게 하고, 잠재의식과 무의식을 이끌어 뇌와 소통하게 하는 강력한 힘이네.

성공한 많은 사람들은 긍정적인 '만약'을 마음속에 품고… 그것이 현실이 되도록 스스로를 이끌어가며 그 생각에 확신하지.

그 믿음이 그들을 성공으로 향하게 하는 원동력이었지."

나는 그에 말에 고개를 끄덕이며 물었다.

"그럼 긍정적인 '만약'에가 없다면, 성공은 불가능한 건가요?"

어르신은 고요한 눈빛으로 바라보며 답했다.

"긍정적인 '만약'에는 말 그대로 씨앗이네.

그 씨앗이 없으면 나무는 자랄 수 없지.

하지만 씨앗만 심고 아무것도 하지 않는다면, 그것 또한 아무런 열매도 맺지 못할 걸세.

씨앗을 심었다면 행동이라는 물을 주고, 경험이라는 햇볕을 쬐어줘야 그 씨앗이 나무로 성장하지.

그러니 자네는 긍정적인 '만약'에를 품고, 그 질문을 기반으로 한 행동을 하길 바라네.

멈추지 말고, 자신이 가고자 하는 길을 설정하고 그 과정에 마치 현재 내가 누리고 있는 상황처럼 확신하는 게 중요하다네.

그것이 바로 끌어당김 법칙이라네.

목표를 달성했거나, 그 길로 향하는 사람들이 확언하는 이유이기도 하지.

나는 그의 말을 곱씹으며 깊은 생각에 잠겼다.

긍정적인 '만약'에가 단순히 희망적인 질문에 그치지 않고,

내 뇌를 움직이고 방향을 설정하게 한다는 것을 깨달았을 때 이미 놀라웠다.

그런데, 이제 단순히 방향 설정을 넘어, 내가 그 목표를 마치 이미 이루었다고 확신이 중요하다는 점에서 또 한 번 깨달음을 얻었다.

'현재 내가 누리고 있는 것처럼 확신하라.'

처음엔 낯설었다.

아직 이루지 못한 것을 이루었다고 상상한다는 게 이상하게 느껴졌기 때문이다.

하지만 곧 이해할 수 있었다.

긍정적인 만약에는 내가 설정한 목표를 향해 기대와 설렘으로 시작할 수 있는 힘이자, 그 과정 속에서 단단한 버팀목이 되어주는 뿌리라면,

확신은 현실로 다가오기 전, 미래를 현재로 느끼는 자기 암시적 끌어당김에 힘이라는 사실을.

그 순간, 마치 내 내면 깊숙이 있던 퍼즐 조각 하나를 정확히 맞춰주는 듯했다.

나는 어르신 이야기를 들으며 문득 얼마 전 내 모습이 떠올랐다.

브랜딩을 시작하려고 준비했던 시간이다.

내 이름을 세상에 알리고, 내 브랜드를 만들기 위해 로고와 슬로건, 그리고 브랜드 네이밍까지 고심하며 준비했었다.

그러나 지금 돌이켜보면, 나는 결과에 대한 상상을 하지 못했다.

그저 '준비해야 한다.'는 생각에 빠져, 완벽한 로고를 만들고, 가장 적합한 슬로건을 찾는 것에만 몰두했다.

브랜딩 목표는 사람들이 나를 기억하고, 내가 만든 가치를 세상에 전하는 것이었지만, 정작 그 결과를 이끌어내는 실행은 하지 못했다.

그 당시 나는 끊임없이 노력했지만, 사실 노력 자체가 내 목표가 되어버렸다.

결과적으로 시작조차 못 하고, 그 길을 포기하고 말았다.

그때 느꼈던 좌절감이 떠올랐다.

나는 정말 많은 시간을 들여 준비했지만, 그 준비가 현실이 되지 못한 건 단 하나.

내 뇌는 목표를 위한 결과가 아니라, 과정에만 갇혀 있었기 때문이었다.

어르신은 내가 깊은 생각에 잠긴 표정을 알아차리고 말했다.

"자네, 지금 떠오르는 생각을 말해보겠나? 왜 그 길을 멈췄는지."

나는 고개를 숙이며 그에게 대답했다.

"사실. 브랜딩을 위해 모든 걸 준비하려고 노력했어요.

그런데 돌아보면, 정작 중요한 건 제가 그 브랜드를 통해 무엇을 얻고 싶은지, 결과를 생각하지 않았던 것 같아요.

노력할 일들만 찾다 보니, 실제로 그 결과를 만들어 내는 일은 시작하지 못했어요.

그래서 결국 포기했죠. 그걸 인정하기까지 시간이 오래 걸렸습니다."

어르신은 가만히 듣고 있다가 부드럽게 웃으며 말했다.

"자네, 바로 그거라네. 많은 사람들이 그 함정에 빠지지.
노력해야 한다는 믿음이 잘못되지 않았지만, 노력하려는 방향이 중요하네.
결과에 대한 분명한 그림이 없다면, 자네 뇌는 과정에서만 방황하게 되어 있어.
그리고 그 과정은 자네에게 끝없는 노력을 요구할 뿐, 결과로 이끄는 길을 알려주지는 않지."

나는 그의 말에 깊이 공감하며 고개를 끄덕였다.
"맞아요. 제가 그랬어요. 노력만 하면 결과가 따라올 거라고 믿었는데,
그 결과를 상상하고 확신하지 못하니 시작 자체를 두려워했어요."

어르신은 따뜻한 눈빛으로 나를 바라보며 조언을 이어갔다.
"브랜딩이든, 어떤 목표든, 가장 중요한 건 노력할 이유를 확신으로 바꿔야 하네.
그 확신은 단순히 '노력해야 해'라는 의무감에서 나오지 않아.
'만약 내가 이걸 이루었다면?'이라고 상상하며, 그 성

공 결과를 구체적으로 그려보게나.

그 상상이 자네 뇌를 움직이게 하고, 결과를 현실로 만드는 걸음이 되어줄 걸세."

그는 잠시 말을 멈추고, 내 손을 가볍게 두드리며 덧붙였다.

"자네가 준비했던 로고, 슬로건, 네이밍, 그 모든 일들이 필요 없었다는 말이 아니네.

다만, 그것들이 목표를 위한 도구로 활용되지 못했을 뿐이지.

그러니 다시 무언가를 시작할 때는 결과를 먼저 마음에 품게나.

그 결과를 이루었다고 믿고, 하나씩 행동으로 옮겨보게.

노력은 과정일 뿐, 성공 방향을 설정해 주는 건, 바로 자네 상상과 확신일세."

어르신 말은 내 과거를 부드럽게 위로하면서도, 앞으로 나아가야 할 길을 보여주었다.

결과를 확신하지 못했던 내 실패가 부끄럽지 않게 느껴졌다.

그 대신, 그 실패가 나에게 더 나은 길로 나아가는 계기라는 확신이 들었다.

그리고 나는 마음속으로 다짐했다.

'만약에 내가 결과를 믿고 오늘부터 시작한다면, 그 결과는 이미 내 안에 있다.'

독자들에게 전하는 메시지

당신은 얼마나 자주 '만약에…'라는 생각을 하나요?
그런데 그 생각이 단순한 바람이 아니라, 이미 현실이 되었다고 믿어본 적이 있나요?
우리는 종종 준비하는 과정에서 멈춰 서곤 합니다.
완벽한 순간을 기다리다가, 결국 아무것도 시작하지 못할 때가 많죠.
하지만 뇌는 당신이 깊이 믿는 방향으로 움직이게 되어 있습니다.
만약 당신이 원하는 삶을 이미 살고 있다고 확신한다면, 그 순간부터 뇌는 그 확신을 현실로 만들기 위해 스스로 길을 찾기 시작합니다.
이제 스스로에게 질문해 보세요.

“만약 내가 이미 꿈꾸던 삶을 살고 있다면, 나는 지금 어떤 행동을 하고 있을까?”
그 질문에 대한 답을, 오늘 당신의 행동으로 옮겨보세요.
작은 확신에서 시작된 행동이, 점점 더 큰 변화를 만들어냅니다.
꿈꾸던 미래를 이룰 수 있는 열쇠는 ‘완벽한 준비’가 아니라,
그 미래를 이미 살고 있다고 믿으며 내딛는 첫걸음입니다.
당신은 지금 어디에서 멈춰 있나요?
그리고, 어떤 확신이 당신을 앞으로 나아가게 할 수 있을까요?
그 가능성을 믿고, 오늘 한 걸음 내디뎌 보세요.
당신이 그리는 미래는 이미 당신 안에서 시작되었습니다.

Henry Ford (헨리 포드)

"성공의 비결은 자신이 성공했다고 확신하는 것이다."

Tony Robbins (토니 로빈스)

"당신의 뇌는 당신의 믿음에 따라 작동한다.
자신이 할 수 있다고 믿는다면,
뇌는 그 길을 찾기 시작할 것이다."

Tony Robbins (토니 로빈스)

"확신은 우리가 볼 수 없는 것을 보게 하고,
가질 수 없는 것을 끌어당긴다."

Chapter 24:

'너무 큰 목표가 당신을 가로막고 있다.'

아직도 완벽한 시작을 기다리는가? 그 순간은 오지 않는다. 당장 시작할 수 있는 걸음

나는 이전 어르신 말들을 매 순간 되새겼다.

'포기는 끝이 아니라 새로운 가능성을 여는 문이라네.'

그 말은 내 머릿속에 깊이 박혔다.

브랜딩에 대한 꿈을 내려놓는 일은 쉽지 않았다.

그동안 쏟아부은 시간과 노력이 있었기에, 나는 이 결정을 받아들이기가 실감 나지 않았다.

하지만 한편으로는 그 결정을 내린 순간, 마음 한구석이 조금은 가벼워진 것도 사실이다.

'이제 무엇을 해야 할까? 이 길이 아니라면, 다음에는 어디로 가야 할까?'

나는 오랜만에 다시 사우나를 찾았다.

그에게 이 감정을 털어놓기 위해서였다.

어르신은 내가 무거운 표정으로 사우나에 들어오는

모습을 보고는 이미 모든 걸 알아챈 듯했다.

나는 그 옆에 조용히 앉아, 그에게 그간에 안부를 묻고 조용히 고민을 꺼내놓았다.

"어르신, 브랜딩을 우선 그만두고 나니, 무엇을 해야 할지 막막합니다.

어르신은 나를 바라보며 천천히 고개를 끄덕였다.

"자네, 브랜딩이라는 큰 목표에 압도당했던 건 아닐까?

그렇다면 당장 실행할 수 있는 조금 더 작은 걸음을 찾아보는 건 어떻겠나?"

나는 고개를 들어 어르신을 쳐다보며 호기심 가득한 얼굴로 물었다.

"작은 걸음이요? 구체적으로 어떤 걸 말씀하시는 건가요?"

어르신은 고개를 끄덕이며 조언을 이어갔다.

"자네가 지금 가지고 있는 긍정적인 생각과 믿음,

그리고 사람들에게 전하고 싶은 메시지들을 글로 써보는 게 어떻겠나? 책은 브랜딩과는 다르게 큰 자본이 필요하지 않고, 오히려 자네 자신을 더 깊이 들여다볼 기회를 줄 걸세.
책을 쓰는 과정에서 자네는 스스로에게 또 다른 질문들을 던지게 될 거야.
그리고 그 답을 찾아가며 자네가 가진 메시지를 더욱 구체화할 수 있을 걸세."

나는 그 말에 순간 설렘을 느꼈다.
"책을 써보라니… 정말 제가 할 수 있을까요? 제가 가진 생각을 글로 잘 표현할 수 있을까요?"

어르신은 미소를 지으며 고개를 끄덕였다.
"자네가 지금까지 배우고, 느끼고, 그리고 믿는 모든 일들은 자네만이 가진 특별한 경험에서 비롯된 거라네.
그것이 누군가에게 분명히 도움이 될 걸세.
무엇보다, 책을 쓰는 과정에서 자네 자신도 또 다른 성장하는 기회를 얻게 되고, 그게 바로 자네가 말하는 '만약'에 힘을 세상에 전하는 첫걸음이 될 걸세."

나는 고개를 끄덕이며 깊은 생각에 잠겼다.
브랜딩이라는 큰 목표에 압도당해 행동을 멈추고 방

황하는 내 자신이 떠올랐다.

하지만 책을 쓰는 일은 어쩌면 지금 나에게 딱 맞는 걸음일지도 모른다는 생각이 들었다.

그날 나는 다시 한번 내 마음을 들여다보았다.

어르신 조언은 단순히 책을 쓰라는 제안이 아니었다.

그것은 내가 멈추었던 행동을 다시 시작하도록 이끄는 부드러운 손길이었다.

'만약에 내가 책을 쓴다면, 나는 또 무엇을 배우고 성장할 수 있을까?'

그 질문이 내 안에서 또 하나에 가능성을 열어주었다.

나는 그날 밤 작은 한 걸음부터 다시 시작하기로 마음먹고 책상 앞에 앉았다.

그리고 처음으로 종이에 내 이야기를 적기 시작했다.

그것은 단순히 나를 위해서가 아니었다.

내 이야기가 누군가에게 닿을 수 있다면, 그것이야말로 내가 꿈꾸는 긍정에 힘을 세상에 전하는 진정한 시작일 테니까.

독자들에게 전하는 메시지

어쩌면 여러분도 지금, 커다란 목표 앞에서 망설이고 있지는 않나요?

- "어디서부터 시작해야 할까?"
- "내가 가는 이 길이 맞는 걸까?"
- "혹시 잘못된 선택을 하고 있는 건 아닐까?"

우리는 때때로 너무 큰 그림을 보며 압도당합니다.
하지만 중요한 건 거대한 목표가 아니라,
지금 당장 할 수 있는 작은 걸음을 내디디는 일입니다.
여러분이 지금 바로 실행할 수 있는 가장 작은 한 걸음은 무엇인가요?
책 한 줄을 읽는 일일 수도 있고,
떠오른 아이디어를 노트에 적어 보는 일일 수도 있습니다.
혹은 단순히 자신에게 이렇게 질문하는 일만으로도 충분할 수 있습니다.
"만약 내가 이 길에서 새로운 방향을 찾는다면, 어떤 삶이 펼쳐질까?"
이 질문은 여러분 안에 있는 가능성을 깨우고,
멈춰 있던 행동을 다시 시작하도록 도와줍니다.

작은 시작이 큰 변화를 이끕니다.

한 걸음, 그리고 또 한 걸음.

그렇게 쌓여가는 발자국들이 결국 여러분 자신만의 길을 만들어 줍니다.

이제 여러분 차례입니다.

지금 당장, 작은 한 걸음을 내디뎌 보세요.

그 작은 움직임이 여러분 '만약'에를 현실로 바꿀 첫 번째 순간이 될 테니까요.

Anne Frank (앤 프랭크)

"작은 행동 하나가 큰 변화를 가져올 수 있다.
시작해보라."

Winston Churchill (윈스턴 처칠)

"포기한 것이 아니라,
다시 시작하는 법을 배우는 것이다."

Abraham Lincoln (에이브러햄 링컨)

"작은 걸음이라도 앞으로 나아간다면
그것이 바로 성공이다."

Chapter 25:

‘당신만이 가진 무기는 움직이는 순간 빛을 발한다’

한 걸음씩 꿈을 현실로

나는 다시 책상 앞에 앉았다.

이번에도 새로운 설렘과 기대를 품고 있었다.

"만약에 내가 베스트셀러 작가가 된다면?"

그 질문은 마음을 활짝 열어 주었다.

책을 통해 내 이야기를 세상과 나누고 싶었다.

내가 깨달은 '만약'에 힘이 누군가 삶을 변화시키는 계기가 되길 바랐다.

그 가능성을 떠올릴 때마다 심장이 두근거렸고, 손끝이 간질거렸다.

책을 쓰기로 결심한 뒤, 나는 이 설렘을 구체적인 행동으로 바꾸기 위해 머릿속을 정리하기 시작했다.

"어떻게 하면 독자가 더 깊이 공감할 수 있을까?"

"이 메시지를 더 매력적으로 전달하는 방법은 무엇일까?"

이 질문들은 나를 계속 움직이게 만들었다.

단순히 글을 쓰는 일이 아니라,

독자가 책을 읽으며 공감하고, 가슴이 뜨거워지는 순간을 경험하기를 바랐다.

내 이야기가 그들 삶에도 새로운 빛을 비춰 주길 간절히 원했다.

나는 읽었던 책들을 다시 뒤적이며, 성공한 작가들이 메시지를 전달하는 방식을 연구했다.

책에 첫 문장을 어떻게 시작해야 독자 마음을 사로잡을 수 있을지,

어떤 흐름으로 전개해야 끝까지 몰입할 수 있을지 고민했다.

인터넷을 뒤지며 베스트셀러 작가들 조언을 찾아 읽었다.

그들에 글쓰기 철학과 독자들과 소통하는 방법을 배우며 내가 가진 방식으로 적용해 보고 싶었다.

책상 위에는 노트와 자료가 점점 쌓여 갔다.

나는 매일 아이디어를 정리하며, 머릿속에 큰 그림을 그려 나갔다.

고민이 많아질수록, 어르신이 했던 말이 떠올랐다.

"긍정적인 '만약'에를 품고 시작해 보게나.
그 마음이 자네 무의식을 움직이고, 결국 자네를 그 방향으로 이끌어 줄 걸세."

그 말은 여전히 내 안에서 빛을 발하고 있었다.
나는 아직 완성되지 않은 원고를 바라보며 스스로에게 물었다.

"만약에 이 책이 누군가 삶을 바꿀 수 있다면?"

그 질문은 다시금 내 손을 움직이게 했다.
한 문장, 한 문장에 진심을 담아 가며, 삶에서 얻은 깨달음을 꺼내기 시작했다.
아팠던 순간도, 기뻤던 순간도, 성장해 온 과정도.
그 모든 경험이 책 속에서 빛을 발하기를 바랐다.

독자들이 책을 읽는 모습을 상상해 보았다.
어떤 이는 새로운 도전을 결심하고,
어떤 이는 오랫동안 잊고 있던 가능성을 다시 믿게 된다.
어떤 이는 마음 한구석에 간직해 온 꿈을 다시 꺼내

어 보게 될지도 모른다.

그 모습을 떠올리는 일만으로도 가슴이 벅차올랐다.

“이 책이 그들에게 긍정적 힘을 줄 수 있다면, 내 노력은 결코 헛되지 않아.”

그 믿음이 나를 계속 앞으로 나아가게 만들었다.

나는 스스로에게 다짐했다.

‘베스트셀러 작가’라는 목표는 단순히 유명해지고 싶은 욕망이 아니었다.

그 꿈은 세상에 긍정적인 메시지를 전하고 싶다는 열망이었다.

“만약에 이 책을 완성한다면, 나는 또 얼마나 성장할 수 있을까?”

그 질문은 나를 더 깊은 고민으로 이끌었다.

나는 다시 노트를 펴고, 펜을 들었다.

독자들에게 보내는 메시지

문득 당신에게 묻고 싶다.

"살면서 자신이 가진 생각을 정리하기 위해, 혹은 스스로에게 진지하게 질문을 던지며 답을 찾기 위해, 조용히 책상 앞에 앉아본 적이 있는가?"

그 순간, 어떤 감정을 느꼈는가?

혼란스러웠는가? 아니면 기대감에 가슴이 뛰었는가?

혹시 답을 찾지 못해 답답함에 한숨을 쉬었던가?

하지만 중요한 사실은 답을 찾았는가가 아니라, 그 질문을 던졌는가이다.

책상 앞에 앉아 자신의 내면을 마주하는 행위 자체가, 이미 삶을 바꾸는 첫걸음입니다.

완벽한 시작이 필요한 게 아닙니다.

작은 걸음을 내딛는 순간, 길이 만들어집니다.

당신도 같은 경험을 해본 적이 있는가요?

아니면 오늘 처음으로 자신이 가진 생각을 정리하고, 스스로에게 질문을 던져볼 용기를 낼 것인가?

첫 문장이 서툴러도 괜찮습니다.

생각이 정리가 되지 않아도 됩니다.

중요한 사실은 자신과 마주하는 시간을 가지는 일.

그 질문을 던지고 답을 찾으려는 노력이, 당신만의 방향을 찾아가는 시작이 됩니다.
나는 당신이 책상 앞에 앉아 자신만의 질문을 던지는 순간을 진심으로 응원합니다.

Helen Keller (헬렌 켈러)
"믿음과 희망은 목표를 이루는 두 날개다."

Thomas Edison (토머스 에디슨)
"성공으로 가는 길은 계속해서 한 걸음을 내딛는 것이다."

Mark Twain (마크 트웨인)
"여정을 시작하는 데 필요한 것은 완벽한 계획이 아니라 단순한 첫걸음이다."

마무리하며:

'만약에, 당신이 원하는 삶을 살 수 있다면, 지금 무엇을 할 것인가?'

내 이야기가
당신의 도전이 되기를

나는 최근 걸어온 길을 돌아보며 많은 깨달음을 얻었다.

지금도 나는 여전히 길 위에 서 있다.

경제적 자유를 목표로 삼고 있지만, 예상보다 더 길고 험난한 과정이다.

배움과 계획, 그리고 준비를 거듭했지만, 정작 행동하지 못했던 나 자신을 마주할 때마다 한없이 작아지는 기분이 들었다.

그러나 그 덕분에 깨달았다.

실패처럼 보였던 순간들조차 모두 성장에 일부라는 사실을.

어르신이 말했던 대로, 사회적으로 성공한 사람들은 단순히 목표를 달성한 이들이 아니다.

그들은 과정 속에서 자신만의 무기를 찾아낸 이들이다.

그 길에는 실패와 좌절, 방황과 고민이 가득했지만, 그들은 멈추지 않았다.

그리고 지금 나도 그 길을 걷고 있다는 사실이 다시 일어설 힘을 주었다.

두려움 속에서도 다시 나아갈 수 있었던 이유는 단 하나였다.

'만약에 내가 원하는 삶을 살 수 있다면?'

이 질문은 흔들릴 때마다 나를 붙잡아 주었고, 앞으로 나아갈 수 있도록 이끌어 주었다.

긍정적인 '만약'에는 단순한 상상이 아니다.

미래를 현실로 바꾸는 강력한 힘이다.

이 질문은 내가 가진 두려움을 설렘으로 바꾸었다.

사실, 시작은 무서운 일이 아니다. 오히려 설레는 일이다.

처음 의류 브랜드를 꿈꿀 때, 책을 써야겠다고 생각했을 때, 가슴이 뛰었다.

내가 가진 긍정적인 메시지를 세상과 나누겠다는 열망이 즐겁고 흥미로웠다.

그 설렘 덕분에 준비할 수 있었고, 지금에 나를 만들어 갈 수 있었다.

하지만 이 길이 쉽지 않다는 것도 잘 알고 있다.
경제적 자유란 단순히 돈을 많이 버는 일이 아니다.
내가 원하는 삶을 온전히 살 수 있는 힘을 가지는 일이다.
그 길을 걷는 동안 수많은 장애물을 마주하게 될 거다.
때로는 불확실한 미래가 나를 두렵게 만들고, 현실이 주는 안락함이 나를 유혹할거다.
그럼에도 나는 이 길을 계속 걸어가기로 했다.
이것이야말로 내가 진정 원하는 삶으로 이어지는 길이기 때문이다.

이 깨달음은 내 삶을 완전히 바꾸어 놓았다.
긍정적인 '만약'에를 통해 나를 믿는 법, 나를 사랑하는 법을 배웠고, 원하는 삶을 위해 끊임없이 도전할 수 있는 용기를 얻었다.

나는 여전히 거창한 목표를 달성한 사람이 아닐지도 모른다.
하지만 내 안에 있는 긍정을 깨우고, 내가 원하는 삶을 즐기며 살아가는 법을 배웠다.
그것이야말로 내게 가장 큰 성공이다.

그리고 이 책이 바로 그 결과물이다.

책을 쓰는 과정에서 나 자신을 돌아보고, 내 이야기를 정리하는 과정이었다.

나는 이 책이 당신에게도 긍정적인 '만약'에를 품고, 새로운 가능성을 발견할 작은 불씨가 되기를 바란다.

이제 당신에게 묻고 싶다.

'만약에 내가 진정 원하는 삶을 시작한다면?'

크든 작든, 하고 싶은 일이 있다면 반드시 도전해 보길 바란다.

도전이 무엇을 빼앗아 갈지도 모른다는 두려움이 생길 수 있다.

하지만 그 과정 속에서 당신은 자신을 더 깊이 이해하고, 더 나은 길을 찾게 될 거다.

포기해도 괜찮다.

포기는 실패가 아니라 새로운 시작이다.

이 질문이 당신 삶을 어떻게 바꿀지, 그리고 당신 삶에 다음 이야기는 어디로 향할지… 이제 당신의 상상과 도전에 맡기겠다.

현재 나는 어떻게 되었을까?

책을 쓰고 있는 지금도 여전히 새로운 도전을 이어가고 있다.

부동산 공부와 투자는 물론, 내 안에 모든 '만약'에를 하나씩 실현해 나가고 있다.

물론 과정이 항상 순탄하지는 않다.

때로는 예상치 못한 문제에 부딪히고, 한 걸음 물러서야 할 순간도 있었다.

하지만 그럴 때마다 도전 자체를 즐기려 노력했다.

작은 성공들이 모여 나를 움직였고, 그 작은 성취들이 더 큰 가능성을 향한 발판이 되어주었다.

과거에 나는 목표만을 바라보며 조급해했지만, 이제는 과정에 즐거움을 느끼고 있다.

이 책을 쓰며 깨달았다.

성공은 거창한 목표를 이루는 일이 아니라, 성장으로 가는 길을 걸으며 더 단단한 나를 만들어 가는 과정 자체에 있다는 사실을.

나는 매일 조금씩 나아가며, 작은 성공을 쌓아가고 있다.

그 과정에서 내 삶은 점점 더 나다워지고 있다.

나는 더 이상 완벽한 결과를 기다리지 않는다.

지금 이 순간, 내가 걸어가는 길 자체가 소중하며, 그 길에서 배우는 모든 사실이 내 삶을 살아가는 내 자산이 된다.

모든 도전이 나를 성장하게 만들었다.

그리고 나는 이 여정을 통해 내면에 평화와 자신감을 얻었으며, 무엇보다 내 삶을 바라보는 새로운 관점을 가지게 되었다.

그리고 나는 여전히 사우나를 즐기기 위해 매일 같이 드나든다.

사우나에서 만난 어르신은 내 여정에서 가장 중요한 멘토였다.

그는 나에게 끊임없이 질문을 던졌고, 그에 말은 여러 번 깊은 울림을 주었다.

나는 그에 조언을 따라 꿈을 이루기 위해 나아갈 수 있었다.

하지만 이제 당신에게 고백하고 싶다.

사실, 그 어르신은 존재하지 않는다.

사우나에서 대화는 내 내면에서 일어난 일이었다.

그 어르신은 내가 상상한 또 다른 나였다.

내가 읽고 배운 지혜, 경험과 고민 속에서 스스로 깨달은 모든 사실들이 어르신 모습으로 나타나 나에게 말을 걸었다.

나는 나 자신과 대화하며 길을 찾았다.

우리 안에는 이미 모든 답이 존재한다.

당신은 지금도 누군가를 기다리고 있을지도 모른다.

하지만 진정한 멘토는 이미 당신 안에 있다. 당신이 던지는 질문이 새로운 가능성을 열어주고, 그 질문에 대한 답을 찾으려는 과정 속에서 길이 열립니다.

현실에 안주하는 사람들에게도 묻고 싶다.

안주하는 삶은 편안할 수 있다.

그러나 그것이 진정 원하는 삶인지 스스로에게 한 번만 물어보길 바란다.

'만약에 내가 이 길에서 한 발 내디딘다면, 내 삶은 어떻게 변할까?'

그 질문이 당신을 조금이라도 설레게 한다면, 그 길은 도전할 가치가 있다.

시작은 결코 늦지 않았다.

이 길을 걸어가는 모든 이들에게.

경제적 자유라는 목표를 향해 가는 길은 쉽지 않다.

때로는 내가 가는 길이 맞는지조차 확신이 들지 않을

때도 있다.

하지만 그것이 실패를 의미하지는 않는다.

실패처럼 보이는 순간은 더 나은 방향으로 나아가기 위한 과정일 뿐이다.

긍정적인 '만약'에는 우리를 앞으로 나아가게 하는 힘이다.

그리고 나는 당신도 그 질문을 품고 당신만이 가는 그 길을 설레는 마음으로 찾아가길 바란다.

이제는 여러분 차례입니다.
여러분만의 '만약'에를 시작해 보세요.
그 시작은 여러분 삶을 완전히
바꿀 힘을 가지고 있습니다.
시작은 설렘이고, 여러분에 새로운
여정을 향한 위대한 첫걸음입니다.

여러분에게 긍정적인 '만약'에를 응원하며,
이 여정을 함께 해주어 고맙습니다.

Edmund Hillary (에드문드 힐러리)

"모든 성취는 누군가가 '만약'에라는
생각을 품었던 순간에서 시작되었다."

Robert Frost (로버트 프로스트)

"만약에 내가 그 길을 선택하지 않았다면,
나는 지금 어디에 있을까?"

Steve Jobs (스티브 잡스)

"만약에 오늘 내가 원하는 모든 것을 시작한다면,
내일의 나는 어떤 모습일까?"

부록: '오늘부터, 나를 사랑하기로 했다'

세상에서 가장 소중한 사람을 잊지 마라 - 바로 당신 자신.

"당신은 충분히 사랑받을 가치가 있습니다."

우리는 종종 사랑을 조건처럼 생각합니다.

더 완벽해야 하고, 더 성공해야 하고, 더 나아진 후에야 비로소 자신을 온전히 받아들일 수 있다고 믿습니다.

그러나 사실은 그렇지 않습니다.

사랑은 성취로 얻는 게 아니라, 존재 자체로 충분한 권리입니다.

지금 이 순간, 숨 쉬며 살아가고 있다는 이유만으로도 당신은 이미 사랑받을 가치가 있습니다.

완벽하지 않은 부분도, 실수도, 약점도 모두 당신을 이루는 일부입니다.

그 모든 부분을 그대로 받아들이는 일이 진정한 자기 사랑에 시작입니다.

스스로를 사랑하는 순간부터 놀라운 변화가 시작됩니다.

남과 비교하는 습관에서 벗어나게 되고, 작은 실패 앞에서도 쉽게 흔들리지 않습니다.

스스로에게 이렇게 말할 수 있는 날이 옵니다.

"나는 괜찮은 사람이다. 오늘도 나를 위해 최선을 다했다."

자기 사랑은 단순한 위로나 미화가 아닙니다.
그 마음이 당신을 더 단단하게 만들고, 더 자유롭게 만드는 강력한 힘이 됩니다.
스스로를 소중히 여길 때, 세상도 당신을 있는 그대로 받아들이기 시작합니다.
자신이 가진 개성은 특별함이 되고, 약점은 가능성으로 변화합니다.
이 모든 과정이 당신이 직접 경험할 수 있는 가장 큰 기적입니다.
지금, 스스로에게 작은 약속을 해보세요.
아침에 일어나 거울을 바라보며 이렇게 말해보세요.

"나는 나를 사랑한다. 오늘도 나를 위해 최선을 다한다!"

이 짧은 선언 하나가 하루를 바꾸고, 결국 인생 전체를 변화시킬 수 있습니다.

당신이 가진 꿈, 감정, 경험, 그리고 이야기는 모두 유일하며 아름다운 의미를 담고 있습니다.

그리고 이 모든 사실을 가장 소중히 여겨야 할 사람은 바로 당신 자신입니다.

기억하세요.

당신은 지금 이 순간에도 충분히 소중한 사람입니다.

사랑은 스스로 노력해서 얻어야 하는 일이 아니라, 존재하는 것만으로도 누려야 할 권리입니다.

오늘부터 그 사랑을 실천하세요.

그 마음이 당신의 하루를 따뜻하게 만들고, 인생을 더욱 아름답게 변화시킵니다.

스스로를 아끼고 사랑할 이유가 충분한 당신을, 응원합니다.

Diana Von Furstenberg (다이앤 본 퍼스텐버그)

"자기 자신을 믿고 사랑하는 것은
삶의 모든 기회를 포착하는 열쇠다."

Lucille Ball (루실 볼)

"너 자신을 사랑하라. 그러면 인생의 모든 것이
제자리를 찾을 것이다."

Rachel Hollis (레이첼 홀리스)

"당신의 모든 결점은 당신을 특별하게 만드는
조각이다. 그것들을 사랑하라."

리셋: 나를 나로써

초판 1쇄 발행 2025년 4월 01일
초판 1쇄 인쇄 2025년 4월 01일

지은이 김경원

디자인 포레스트 웨일
펴낸이 포레스트 웨일
펴낸곳 포레스트 웨일
출판등록 제2021 - 000014 호
주소 충청남도 아산시 탕정면 용머리길 40 유니콘101 216호
전자우편 forestwhalepublish@naver.com

종이책 979-11-94741-02-2